33 डरावनी कहानियाँ – भाग 2

अंधकार के बाद अंधकार: डरावनी लघु कहानियों का संग्रह

टाटिया क्विकविनिया

सामग्री सूची:

लेखक की टिप्पणी

प्रिय डरावनी कहानियों के प्रेमी, डर की इस दुनिया में आपका स्वागत है!

बचपन से ही मैं डरावनी कहानियों का शौक़ीन रहा हूँ। इसलिए मैंने सोचा, क्यों न इस शैली की कुछ लघु कहानियाँ आपके साथ बाँटी जाएँ।

इनमें से अधिकतर कहानियाँ मेरी कल्पना से जन्मी हैं, पर कुछ सच्ची घटनाओं पर भी आधारित हैं। कौन सी सच्ची हैं और कौन सी नहीं? यह रहस्य आपको ही सुलझाना है।

अब जब आप ये पंक्तियाँ पढ़ रहे हैं, तो जान लीजिए कि आप मेरे सबसे पसंदीदा पाठक हैं।

और क्योंकि आप मेरे लिए इतने खास हैं, मैं आपको एक सलाह देना चाहता हूँ—कहानियाँ एक साथ बहुत ज़्यादा मत पढ़िए। धीरे-धीरे, आराम से पढ़िए।

कम समय में बहुत ज़्यादा डरावनी कहानियाँ पढ़ने से नकारात्मक ऊर्जा का असर हो सकता है, और फिर हो सकता है आपको अजीब चीज़ें दिखने या सुनाई देने लगें...

तो अब, बस आनंद लीजिए!

•1•

खोया हुआ

छोटा टॉम बस स्टेशन पर अपनी माँ से बिछड़ गया था। वह इधर-उधर भटकता रहा, माँ को ढूँढता रहा, लेकिन कोई फायदा नहीं हुआ। डर ने उसके दिल को घेर लिया, खासकर क्योंकि वे अपने मामा से मिलने किसी दूसरे शहर आए थे। लेकिन एक बात ने उसे थोड़ी राहत दी—उसे याद था कि अपने शहर वापस जाने के लिए कौन-सी बस पकड़नी है।

कुछ ही देर में वह बस आ गई, और टॉम चढ़ गया।

उसे ज़्यादा सोचने की ज़रूरत नहीं थी, क्योंकि बच्चों के लिए सफर मुफ्त होता है। बस में एक ही खाली सीट थी, जहाँ जाकर वह चुपचाप बैठ गया और खिड़की से बाहर देखने लगा। वह शांत रहने की कोशिश कर रहा था, लेकिन जैसे ही बस एक पुल के करीब पहुँची, उसका दिल ज़ोर-ज़ोर से धड़कने लगा।

टॉम को पुलों से डर लगता था, इसलिए जैसे ही बस ने पुल पर चढ़ना शुरू किया, उसने आँखें बंद कर लीं—यह उसकी पुरानी आदत थी जिससे उसका डर थोड़ा कम हो जाता।

बस पुल के बीच में पहुँचते ही एक जोरदार झटका लगा, जिससे टॉम का डर और बढ़ गया।

अंततः, उसे लगा जैसे काफी समय बीत गया हो, और जब बस पुल पार कर गई, तब जाकर उसने धीरे-धीरे आँखें खोलीं।

लेकिन सामने का नज़ारा देखकर वह हैरान रह गया—बस एक अजीब-से शहर में प्रवेश कर चुकी थी। वहाँ की नीची ईंटों की इमारतें किसी पुराने ज़माने की फ़िल्म या किताब से निकली लग रही थीं।

बस जब गाँव के बीचों-बीच से गुज़री, टॉम ने देखा कि एक पुरानी चक्की के सामने कुछ बच्चे खड़े थे। वे सब एकटक बस की तरफ देख रहे थे, उनकी नज़रें बेहद अजीब थीं—जैसे आँखों से ही अंदर तक झाँक लेना चाहती हों।

टॉम को बेचैनी हुई। उसे यह सब अच्छा नहीं लगा। उसने गुस्से में बाहर खड़े बच्चों की ओर मुँह बनाकर जीभ निकाल दी।

बस गाँव में और आगे बढ़ी। टॉम ने देखा—हर कोई, बूढ़े, औरतें, बच्चे—सब दरवाज़ों में, खिड़कियों से, गलियों में खड़े होकर बस को उसी डरावनी, निष्कंप नज़र से देख रहे थे।

अब टॉम पूरी तरह घबरा गया था। उसने फिर से अपनी आँखें बंद कर लीं, खुद को दिलासा देने के लिए।

लेकिन जिज्ञासा हावी हो गई। उसने अपनी आँखें खोलीं और पास में बैठी एक युवती से पूछा:

"ये लोग ऐसे क्यों देख रहे हैं?" टॉम की आवाज़ डर से काँप रही थी।

लड़की उसकी ओर मुड़ी... और टॉम सन्न रह गया—वो भी उसी तरह की जमी हुई, गहरी नज़र से उसे घूर रही थी।

टॉम का दिल ज़ोरों से धड़कने लगा। वह सीट पर खड़ा हुआ और सामने देखा—बस का हर यात्री, यहाँ तक कि ड्राइवर भी, अब उसकी तरफ देख रहा था—बिल्कुल जमे हुए चेहरों और खाली आँखों के साथ।

डर से काँपता हुआ टॉम खिड़की से बाहर देखने लगा। लेकिन उसके रोंगटे तब खड़े हो गए जब उसने देखा कि बस ने एक चक्कर पूरा कर लिया था और अब फिर से उसी पुल के पास पहुँच गई थी, जिससे वे पहले इस अजीब शहर में दाखिल हुए थे।

टॉम, जिसे पुलों से डर लगता था, अब बस चाहता था कि वे पुल को पार करके बाहर निकल जाएँ—लेकिन ऐसा नहीं हुआ।

बस फिर मुड़ गई, और उसी पुरानी चक्की के सामने पहुँच गई—बिलकुल वहीं जहाँ पहले वे बच्चे खड़े थे। वे अब भी वहीं थे, वैसे ही खड़े, जैसे कभी हिले ही न हों।

टॉम अपनी सीट पर चुपचाप बैठा रहा, अब उसे लग रहा था कि जैसे वह किसी डरावने, रुक चुके समय के बुरे सपने में फँस गया हो। उसने आँखें फिर से कसकर बंद कर लीं, और मन ही मन प्रार्थना करने लगा—काश जब अगली बार आँख खोलूँ, सब ठीक हो जाए।

उसे क्या पता था कि वह कितना ग़लत सोच रहा था।

***

अस्पताल के वार्ड में सिर्फ मशीनों की धीमी बीप की आवाज़ गूंज रही थी। तभी दरवाज़ा खुला और एक डॉक्टर और नर्स अंदर आए।

"मरीज की हालत कैसी है?" डॉक्टर ने चिंतित स्वर में पूछा।

"अब भी कोमा में है," नर्स ने उदासी से जवाब दिया।

"हमें डर है कि वह जल्द नहीं जागेगा। बेचारा बच्चा... दस साल से ज़्यादा का नहीं लगता। पूरे बस हादसे में वही इकलौता ज़िंदा बचा था—

पूरी बस पुल से गिर गई थी। एक चमत्कार ही था कि ये बच गया, लेकिन अब पता नहीं कितने समय तक ऐसी ही हालत में रहेगा।"

"अब तक कोई रिश्तेदार आया?"

"नहीं," नर्स ने सिर हिलाया। "हमें तो बस उसका एक कंगन मिला है, जिस पर 'टॉम' लिखा है। शायद उसका नाम है।"

"ठीक है, कोई बदलाव हो तो मुझे तुरंत बताना," डॉक्टर ने कहा, और दोनों वार्ड से बाहर निकल गए, पीछे छोड़ते हुए टॉम को उस धुंधले, चुप्प भरे कमरे में।

किसी को नहीं पता था—क्या वह कभी जागेगा भी?

•2•

कब्र के लुटेरे

साल 1884 की एक ठंडी रात में, साधारण दंपति जैक और एलिज़ाबेथ ने शहर की सीमा पर स्थित एक पुराने, सुनसान कब्रिस्तान की ओर रुख किया। हाथों में फावड़े लिए, वे चुपचाप धुंध से ढके मैदानों से गुज़रे, जबकि चाँद आसमान में पूरी चमक के साथ टंगा हुआ था।

एक कब्र को ध्यान से चुनकर, उन्होंने बिना देर किए खुदाई शुरू कर दी। सख़्त और जमी हुई मिट्टी में फावड़े चलाना आसान नहीं था, लेकिन कई घंटों की मेहनत के बाद, जैक का फावड़ा किसी ठोस चीज़ से टकराया।

दिल की धड़कनों के साथ तेज़ होती उत्सुकता के बीच, उन्होंने मिट्टी हटाई और एक पुराना लकड़ी का ताबूत बाहर निकाला। जब उन्होंने उसे खोला, तो उसमें एक नहीं, बल्कि दो कंकाल थे—फटे-पुराने कपड़ों में लिपटे, एक-दूसरे के पास लेटे हुए।

लेकिन उनके नीचे, चाँदनी में चमकती हुई सोने की ज्वेलरी और सिक्कों की एक बड़ी ढेर थी। लालच से भरी नज़रों के साथ उन्होंने जल्दी-जल्दी वो खज़ाना समेटना शुरू कर दिया, हड्डियों की डरावनी हालत को पूरी तरह नज़रअंदाज़ करते हुए।

इसी बीच, ऊपर से कोई आवाज़ आई। जैक ने चौंककर सिर उठाया और तुरंत एलिज़ाबेथ का हाथ पकड़ते हुए फुसफुसाया,

"हमें अभी निकलना होगा।"

एलिज़ाबेथ, जो अब भी मुट्ठियों में सोने के सिक्के दबाए थी, उलझन में बोली,

"क्यों? कोई है क्या? तो मार देते हैं उसे! मैं ये सब किसी और को नहीं दूँगी। ये सोना हमारा है! देखो, ये कितने अच्छे कपड़े पहने हुए थे... क्या उनके ये सुंदर जूते भी ले लूं?"

जैक ने उसकी बात अनसुनी करते हुए चारों ओर इशारा किया,

"देखो, एलिज़ाबेथ... ये धुंध कितनी घनी हो गई है।"

एलिज़ाबेथ ने अनमने भाव से इधर-उधर देखा,

"तो क्या हुआ? और भी अच्छा है। कोई हमें देख ही नहीं पाएगा। कोई मुझे नहीं रोक सकता। मैंने कहा ना—ये सोना अब हमारा है!"

वह फिर से ताबूत की ओर मुड़ी, लेकिन यह देखकर ठिठक गई कि ताबूत अब खाली था—दोनों शव गायब थे।

जैक और एलिज़ाबेथ ने एक-दूसरे की ओर डर से देखा और कब्र से बाहर निकलने की कोशिश में हाथ-पैर मारने लगे। लेकिन जैसे ही उन्होंने ऊपर देखा, उन्होंने वही जूते देखे—जिन्हें एलिज़ाबेथ कुछ देर पहले लेना चाहती थी—ताबूत के ऊपर रखे थे।

धीरे-धीरे उन्होंने सिर ऊपर उठाया... और देखा कि वही दो आकृतियाँ—जिन्हें वे अभी-अभी कब्र से निकाल चुके थे—अब हवा में मंडरा रही थीं, उनके ठीक ऊपर।

उनमें से एक ने खरखराती आवाज़ में कहा,

"हाँ... ये सोना अब तुम्हारा है..."

दूसरे ने जोड़ा,

"...और ये कब्र अब तुम्हारा घर है।"

और फिर उस वीरान कब्रिस्तान में जैक और एलिज़ाबेथ की दहशत भरी चीखें गूंज उठीं।

उस रात के बाद, किसी ने भी उस जोड़े को दोबारा नहीं देखा। कुछ लोगों का मानना था कि वे चुपचाप किसी दूर देश भाग गए, जबकि दूसरों का मानना था कि उन्होंने अपनी लालच की कीमत जान देकर चुकाई।

लेकिन सच क्या था और झूठ क्या—यह कोई नहीं जानता।

•3•

डॉपेलगैंगर

एक दोपहर, ब्रेआना स्कूल से घर लौट रही थी। जैसे ही वह भीड़भाड़ वाली सड़क पार करने ही वाली थी, उसकी नजर एक लड़की पर पड़ी—जो बिल्कुल उसी की तरह दिखती थी। लंबे भूरें बाल, हेज़ल रंग की आंखें, धनुषाकार भौंहें, टेढ़ी नाक... वह लड़की ना सिर्फ हूबहू ब्रेआना जैसी लग रही थी, बल्कि उसने वही गहरे रंग की जीन्स, बेज रंग की स्वेटर, एक जैसे जूते और एक्सेसरीज़ भी पहन रखी थीं।

उलझन में, ब्रेआना ठिठक गई। समझ नहीं आया कि कैसे प्रतिक्रिया दे। और जब तक वह कुछ सोचती, वह लड़की भीड़ में कहीं गायब हो चुकी थी।

घर पहुंचते ही, ब्रेआना सीधे अपने कमरे में गई, बैग ज़मीन पर फेंका और कंप्यूटर चालू कर दिया। उसने पहला शब्द जो दिमाग में आया टाइप किया—"डॉपेलगैंगर"।

सैकड़ों लेखों में ज़्यादातर उसे बेहद अजीब या अतिरंजित लगे, लेकिन एक ने उसका ध्यान खींचा:

"अगर आपको कोई ऐसा इंसान दिखे जो बिल्कुल आप जैसा दिखता हो, जिसे डॉपेलगैंगर कहते हैं, तो यह बुरा शकुन हो सकता है। कुछ मान्यताओं के अनुसार, डॉपेलगैंगर आपको ढूंढ़ रहा होता है—लेकिन अच्छे इरादों से नहीं। कहा जाता है कि जब किसी दूसरे आयाम का 'आप' मरने वाला होता है, तो वह आपको खोजने निकलता है... ताकि आपकी जगह ले सके।"

"बस अब बहुत हो गया इंटरनेट," ब्रेआना ने सोचा और कंप्यूटर बंद कर दिया। वह थककर बिस्तर पर गिर गई और थोड़ी देर झपकी ले ली।

कुछ देर बाद वह उठी, अंगड़ाई ली और आईने में खुद को देखा।

"कितनी बेवकूफी थी ये सब! अब जब सोचती हूं तो वो लड़की मुझसे कम खूबसूरत थी। उसकी नाक और कान बड़े थे, और उसके बाल भी हल्के रंग के और छोटे थे," ब्रेआना खुद से बड़बड़ाई।

तभी उसकी मां कमरे में आईं।

"मैं तुम्हें कब से बुला रही हूं। सुनाई नहीं देता क्या?" मां ने चिड़चिड़ाकर पूछा।

अभी भी पूरी तरह जागी नहीं ब्रेआना झल्लाई, "मम्मी, आपको पता है ना कि मुझे बिना नॉक किए कमरे में आना पसंद नहीं है!"

मां ने थकी हुई आवाज़ में कहा, "ठीक है-ठीक है," और बाहर चली गईं।

लेकिन कुछ ही मिनटों बाद वे वापस लौटीं—इस बार चेहरे पर उलझन थी।

"तुम खाली फ्रेम की तरफ घूर रही हो? आईना मिस कर रही हो क्या? तुमने ही तो कभी तोड़ दिया था, है ना? वैसे, टूटा हुआ शीशा दुर्भाग्य लाता है—ये तो पता ही होगा?"

ब्रेआना धीरे-धीरे पलटी, और तब उसे एहसास हुआ—वह अब तक आईने की जगह लगी खाली दीवार को ही घूर रही थी।

उसकी रीढ़ में एक सिहरन सी दौड़ गई। वह समझ नहीं पा रही थी कि क्या हो रहा है।

"मैं... खाली दीवार को क्यों देख रही थी? मैं... मुझे नहीं पता," वह बुदबुदाई, उलझन और घबराहट में डूबी हुई।

•4•

छाता

कल रात, जब मूसलधार बारिश हो रही थी, मैं नींद नहीं ले पा रहा था। मेरा मन भटक रहा था। मैं अपने कमरे में लेटा हुआ था, खिड़की से टकराते बारिश की बूंदों की लयबद्ध आवाज़ सुन रहा था।

मैं काँच पर बहती बूंदों को देखता रहा, और तभी बचपन में सुनी एक पुरानी कथा याद आ गई।

मुझे याद है, किसी ने कहा था कि अगर बरसात की रात नींद नहीं आती, तो इसका मतलब है कि कोई अनजान अस्तित्व—हाथ में छाता लिए—आपसे मिलने आने वाला है।

कहा जाता था कि यह प्राणी खिड़की के पीछे छाता लहराता है। और उस छाते का रंग महत्वपूर्ण होता है।

लाल छाता—प्रेम के आगमन का संकेत।

सोने जैसा सुनहरा छाता—निकट भविष्य में धन की प्राप्ति।

हरा छाता—मित्रों से मधुर संबंधों की भविष्यवाणी।

मैं अपने मुलायम कंबल में सिमटकर, बारिश की आवाज़ में खोया रहा, और उन्हीं बचपन की बातों में उलझा हुआ था कि... अचानक मैंने उसे देखा—बारिश से भीगी खिड़की के पीछे एक अजनबी हाथ, जो एक छाता थामे हुए था।

अब मैं सोच रहा हूँ—काले रंग का क्या मतलब था?

•5•

पृष्ठभूमि की आवाज़

एक गर्मी की छुट्टी में, जेरेड ने शहर की भागदौड़ से दूर जाने का फैसला किया और अपने परिवार की पहाड़ियों में स्थित एकांत झोपड़ी में रहने चला गया। यह झोपड़ी घने देवदार के पेड़ों से घिरी हुई थी और नीचे घाटी का मनमोहक दृश्य प्रस्तुत करती थी।

शुरुआत में जेरेड ने अकेलेपन का आनंद लिया। उसे पहाड़ों की शांति बेहद भा रही थी। लेकिन कुछ ही दिनों में अकेले रहने की खुशी फीकी पड़ने लगी और वह ऊबने लगा।

एक रात, जब बाहर तेज़ हवा चल रही थी और तापमान तेजी से गिर रहा था, जेरेड ने समय बिताने के लिए इंटरनेट ब्राउज़ करना शुरू किया। पहले उसने ब्रह्मांड के रहस्यों से जुड़ी कुछ वीडियो देखीं, लेकिन धीरे-धीरे उसका रुझान डरावने विषयों की ओर बढ़ने लगा।

वह भूत-प्रेत और परामानवीय घटनाओं से जुड़ी कहानियाँ देखने लगा और कब आधी रात बीत गई, उसे पता ही नहीं चला—वह घंटों से डरावनी बातों में डूबा हुआ था।

सोने से पहले एक आखिरी चीज़ देखने के लिए, जेरेड ने एक पॉडकास्ट चला दिया जो सुनसान जगहों की खोज पर आधारित था। होस्ट ने हाल ही की एक यात्रा का ज़िक्र शुरू किया—एक पुरानी, उजाड़ हवेली का, जहाँ उसे किसी आध्यात्मिक उपस्थिति का अहसास हुआ था।

शुरुआत में पॉडकास्ट दिलचस्प लगा—छूटे हुए मकानों की यात्राएँ, रहस्यमय माहौल... लेकिन थोड़ी देर बाद वह बातें बकवास लगने लगीं।

"कोई बात नहीं, वैसे भी करने को कुछ नहीं है," जेरेड ने सोचा और सुनता रहा। लेकिन कुछ मिनट बाद उसे बैकग्राउंड में कुछ अजीब सुनाई देने लगा—एक बच्चे की आवाज़, जो डरावने, सपाट लहजे में लैटिन में कुछ बोल रहा था।

ऐसा लग रहा था जैसे कोई जादू-टोना या मंत्र पढ़ा जा रहा हो। और जितना ज़्यादा जेरेड सुनता गया, उतना ही बेचैन होता गया।

आख़िरकार, उससे और सहन नहीं हुआ। उसने पॉडकास्ट बंद कर दिया, फ़ोन सोफ़े पर फेंका और सोने की कोशिश की। लेकिन वह सो नहीं सका—क्योंकि उसे एहसास हुआ कि वह अजीब सी बच्चे की आवाज़ उसके फ़ोन से नहीं, बल्कि झोपड़ी के अंदर कहीं से आ रही थी।

•6•

सौंदर्य, ओ सौंदर्य

यूरोप के पश्चिमी हिस्से के एक शांत ग्रामीण इलाके में, एक उदास दोपहर, किशोरों का एक समूह—हेलेन, मारिसा, सैली और ट्रेवर—कस्बे की कुख्यात भूतिया हवेली मॉर्गन मेंशन की ओर निकल पड़ा। यह हवेली कभी लिलियन मॉर्गन की थी, जो सेबास्टियन मॉर्गन की विधवा थीं—कस्बे के सबसे अमीर व्यक्ति। लिलियन अपनी सुंदरता के लिए मशहूर थीं, और उनकी मृत्यु को लेकर कई तरह की अफवाहें फैली थीं। कहा जाता था कि उम्र बढ़ने के साथ, जैसे-जैसे उनका सौंदर्य मुरझाया, वे युवा और सुंदर दिखने के जुनून में लोगों की हँसी का पात्र बन गई थीं।

जिज्ञासु किशोर बिना किसी रोक-टोक के उजड़ी हवेली में घुस गए। वे खंडहर होती दीवारों और जाले से ढंकी छतों के बीच घूमते रहे। तभी सैली को एक जंग लगे दागों से भरा लेकिन खूबसूरती से नक्काशीदार धूल से ढका दर्पण मिला, जो एक जाले से भरे कमरे में था—संभवतः कभी लिलियन का शयनकक्ष रहा होगा।

सैली उस आकर्षक आईने की ओर खिंचती चली गई।

"कुछ मिला क्या?" बाहर से हेलेन की आवाज़ आई।

"नहीं, बस एक आईना है," सैली ने जवाब दिया।

"आईना? कहाँ?" मारिसा उत्साहित होकर चिल्लाई और कमरे में घुसते ही सैली को एक ओर धकेल दिया।

"क्या कर रही हो?" सैली ने नाराज़ होकर पूछा।

"अरे, सुना नहीं? आईनों के बारे में डरावनी बातें होती हैं। ये भूतिया हवेली है, शायद कुछ रोमांचक दिख जाए!" मारिसा ने अपने बैग से मोमबत्ती निकाली और उसे जला कर आईने के सामने रख दिया।

दोनों लड़कियाँ चुपचाप खड़ी रहीं, जैसे कुछ अलौकिक घटने की प्रतीक्षा कर रही हों। पर कुछ नहीं हुआ।

"क्या बेकार था!" मारिसा ने कहा, मोमबत्ती सैली की ओर फेंकी और कमरे से निकल गई।

सैली भी जाने वाली थी, लेकिन आईने में अपना प्रतिबिंब देखकर ठिठक गई। वह कुछ देर निर्विकार खड़ी, अपने चेहरे की सुंदरता को निहारती रही, जैसे पहली बार उसने खुद को सही से देखा हो।

"चलो, यहाँ कीड़े ही कीड़े हैं!" ट्रेवर ने पुकारा।

सैली ने कोई प्रतिक्रिया नहीं दी—वो जैसे सम्मोहित सी थी। अंततः ट्रेवर ने उसे ज़बरदस्ती हॉलवे की ओर खींचा।

"पर... मैं और रुकना चाहती हूँ!" सैली ने विरोध किया।

"हमें भूख लगी है और ये जगह बदबूदार है। हमें इंतज़ार मत करवाओ।"

चारों दोस्त हवेली से बाहर निकल गए।

उनकी छोटी सी रोमांचक यात्रा सुरक्षित बीती। लेकिन सैली आईने को नहीं भूल सकी। अगले ही दिन, वह अकेले वहाँ लौट आई।

घंटों बीत गए, और सैली उसी कमरे में मोमबत्ती की हल्की रोशनी में बैठी रही—अपने प्रतिबिंब में पूरी तरह खोई हुई। वह इतनी मोहित थी कि जब तक सूरज ढला, वह अपनी जगह से हिली तक नहीं।

वह ज़्यादा रुकना चाहती थी, पर उसे अपने माता-पिता की डाँट का डर था। फिर भी, उसने अगली सुबह लौटने का संकल्प लिया और घर चली गई।

रात भर वह सो नहीं सकी। उसके मन में सिर्फ वही पुराना दर्पण घूमता रहा। जैसे ही सुबह की रोशनी फूटी, उसने स्कूल बंक किया और सीधा हवेली पहुँची।

आईने के पास पहुँचकर, उसने मोमबत्ती जलाई और फिर वही किया— खुद को निहारती रही। अब उसे लिलियन से एक अजीब लेकिन गहरा जुड़ाव महसूस हो रहा था।

समय बीतता गया, मोमबत्ती कांपने लगी, पर सैली को कुछ भी महसूस नहीं हुआ।

फिर अचानक, मोमबत्ती बुझ गई, कमरा अंधेरे में डूब गया, और अगले ही पल, आईने में उसे एक भयावह, विकृत चेहरा दिखाई दिया।

सैली ने चीख मारी, पर उसकी आवाज़ हवेली की चुप्पी में खो गई।

दो दिन बीत चुके थे, और सैली अब भी लापता थी। तब हेलेन को सैली की लोकेशन का शक हुआ, और वह मारिसा और ट्रेवर के साथ वापस मॉर्गन मेंशन पहुँची।

तलाशी लंबी नहीं चली। सबसे पहला कमरा, जिसका उन्हें शक था— वही मिला। वहाँ सैली मृत अवस्था में पड़ी थी, उसका शरीर भयानक रूप से मरोड़ा हुआ था, और उसका चेहरा वैसा ही भय और विकृति से भरा हुआ था, जैसा उसने अंतिम क्षणों में आईने में देखा होगा।

"बाकी पुलिस को देखने दो," ट्रेवर बोला और आंसुओं से भरी आँखों के साथ हेलेन के साथ बाहर निकल गया।

"मारिसा, चलो।"

"हाँ... बस एक मिनट।" मारिसा ने कहा, अपने गालों से आंसू पोंछते हुए, आईने में खुद को निहारते हुए—हैरान कि वह रोते हुए भी कितनी सुंदर लग रही थी।

•7•

उल्लू

जब मैं बच्चा था, तो अक्सर सुनता था कि उल्लू दिखना एक अशुभ संकेत होता है—मौत से जुड़ा हुआ। और मैंने इस बात पर यक़ीन कर लिया था। इसलिए जब भी मैं अपने सबसे अच्छे दोस्त के गाँव से घर लौटता, तो कभी भी वह शॉर्टकट नहीं लेता—वो संकरा रास्ता जो चारों तरफ़ से जंगलों से घिरा हुआ था।

जब भी मैं उस रास्ते से गया और उल्लू को देखा, उसके बाद किसी न किसी की मौत की ख़बर ज़रूर मिली। ऐसा हर बार हुआ। आख़िरकार, मैंने कसम खा ली कि अब कभी उस रास्ते से नहीं जाऊँगा—क्योंकि मैं फिर से उल्लू से सामना नहीं करना चाहता था।

लेकिन एक दिन, मैं अपने सबसे क़रीबी दोस्त के घर देर तक रुक गया। उसकी बहन विदेश से लौटी थी, और उसी की ख़ुशी में एक छोटा-सा जश्न था। उस समय कोई वाहन उपलब्ध नहीं था, और मूर्खता से मैंने उसकी माँ की लिफ्ट लेने से मना कर दिया। वह एक सर्द रात थी, और मैं ठंड से कांप रहा था। आख़िरकार, मैंने पैदल ही घर जाने का फ़ैसला किया।

जंगल से गुज़रते हुए, मैं खुद को उस मज़ेदार शाम की यादों में उलझाए रखने की कोशिश करता रहा। थोड़ी ही देर में मैं उल्लुओं वाली बात भूल ही गया। चांदनी रात में पेड़ों की परछाइयाँ और पत्तों की सरसराहट, सब कुछ सुंदर लगने लगा।

लेकिन तभी, मुझे उल्लू की एक भयानक आवाज़ सुनाई दी।

पहले तो मैंने उसे अनदेखा करने की कोशिश की—ज़मीन पर नज़रें गड़ाए, खुद को समझाते हुए कि ये सब सिर्फ अंधविश्वास है। लेकिन फिर एक दूसरा उल्लू बोल पड़ा... फिर तीसरा... और थोड़ी ही देर में उनकी आवाज़ें पूरे जंगल में गूंजने लगीं, जैसे हर दिशा से आ रही हों।

अब वो शोर असहनीय होता जा रहा था। अंततः मैं सिर उठाकर देखने पर मजबूर हुआ... और जो देखा, वह मेरी ज़िंदगी के सबसे डरावने दृश्यों में से एक था—सौ से भी ज़्यादा चमकती हुई आँखें मुझे अंधेरे जंगल से घूर रही थीं।

मैं जितनी तेज़ दौड़ सकता था, दौड़ा—दिल ज़ोर-ज़ोर से धड़क रहा था—और आख़िरकार अपने गाँव के प्रवेश द्वार तक पहुँच गया।

मैंने राहत की साँस ली। लेकिन जैसे ही मैं और आगे बढ़ा—जहाँ आमतौर पर रोशनी और रौनक होती थी—मुझे अजीब-सी ख़ामोशी ने घेर लिया।

गाँव के एक भी घर में रोशनी नहीं थी।

•8•

ग्रैफिटी

जॉन रिप्ले रोज़ सुबह अपने ऑफिस जाते समय एक पुराने, वीरान गोदाम के पास से गुज़रता था। उस गोदाम की दीवार पर बनी एक ग्रैफिटी—एक इंसानी छाया जैसी आकृति—हमेशा उसकी नज़र खींच लेती थी। यह रहस्यमय चित्र उसे बेहद दिलचस्प लगता, और वह हर बार वहाँ से गुज़रते हुए उसे देखना नहीं भूलता था।

एक दिन, जब सुबह की धूप में जॉन अपने ऑफिस की ओर जा रहा था, तो उसने हमेशा की तरह गोदाम की तरफ देखा। लेकिन इस बार, वह आकृति दीवार पर नहीं थी।

"शायद किसी ने उसे साफ कर दिया है," उसने मन ही मन सोचा और आगे बढ़ गया। लेकिन जैसे ही वह थोड़ा और चला, उसके मन में एक अजीब सी हूक उठी, और उसने पलटकर दोबारा देखा—तो पाया कि वह ग्रैफिटी वापस दीवार पर थी, जैसे वह अचानक फिर से प्रकट हो गई हो।

जॉन ने कई बार पलकें झपकाईं, और एक पल को उसे पूरा यक़ीन हो गया कि उसने उस आकृति को हिलते हुए देखा था।

सबसे अजीब बात यह थी कि वह गोदाम एक सुनसान जगह पर स्थित था, और उसके चारों ओर सिर्फ़ एक बड़ा, खाली मैदान था—जहाँ दूर-दूर तक कोई इंसान नज़र नहीं आ रहा था।

•9•

और देखो

जब भी हार्वी को अनिद्रा होती, वह अपना समय मोबाइल पर वीडियो स्क्रॉल करके बिताता। एक रात, वह इंटरनेट पर डरावने वीडियो देखने लगा।

स्क्रॉल करते-करते, हार्वी की नज़र एक वीडियो पर पड़ी जिसने उसका ध्यान खींचा। यह वीडियो एक युवा व्यक्ति द्वारा अपलोड किया गया था, जिसका यूज़रनेम था Jion3। वह एक नया फ़िल्टर आज़मा रहा था, जिसके बारे में दावा था कि यह कैमरे के ज़रिए भूतों को दिखाता है। वीडियो में Jion3 ने बताया कि यह फ़िल्टर इंटरनेट पर वायरल हो गया था क्योंकि बहुत से लोगों का मानना था कि यह सच में काम करता है। फिर उसने फ़िल्टर चालू किया, लेकिन कुछ नहीं हुआ। Jion3 ने हँसते हुए कंधे उचकाए और वीडियो वहीं खत्म कर दिया।

हालाँकि, कॉमेंट सेक्शन में लोगों की टिप्पणियाँ कुछ और ही कह रही थीं—"वो दिखा! वो सच में दिखा!" जैसी प्रतिक्रियाएँ आम थीं। यह देख हार्वी की जिज्ञासा और भी बढ़ गई।

रुचि के चलते, हार्वी ने और भी वीडियो देखने शुरू किए, जिनमें अलग-अलग लोग वही भूत-फ़िल्टर इस्तेमाल कर रहे थे। कुछ वीडियो में डरावने आकृतियाँ दिखाई देतीं, तो कुछ में कुछ भी नहीं दिखता।

आख़िरकार, हार्वी ने तय किया कि वह खुद इस फ़िल्टर को आज़माएगा।

उसने कमरे के पर्दे बंद किए, माहौल को रहस्यमय बनाया और फ़िल्टर चालू किया। शुरू में कुछ भी नहीं हुआ, और हार्वी को खुद पर हँसी

आई—उसे लगा कि यह भी बस एक और बेवकूफी भरा इंटरनेट ट्रेंड है।

लेकिन तभी... उसने कुछ देखा।

उसका खून जम गया, जब उसने देखा कि कैमरे में एक फीका, लगभग पारदर्शी आकृति हवा में लटकी हुई थी—एक सूट पहने व्यक्ति, जिसकी निगाहें बेहद क्रूर और डरावनी थीं।

कोई भूत कैमरे में देखना हार्वी के लिए खुद में इतना डरावना नहीं था। लेकिन जो बात वास्तव में डरावनी थी, वो यह थी कि वो आदमी उसे पहचान में आया।

वो उसका मर चुका चाचा था, एंड्रयू।

•10•

मंत्र

एक गर्मी की रात, तीन किशोर लड़कियाँ—कैटलीन, रूबी और निकोल, जो सभी तंत्र-मंत्र और रहस्यमय विद्या की शौकीन थीं—रूबी के कमरे में इकट्ठा हुईं। वे ठंडी लकड़ी की फर्श पर बनाए गए अजीबोगरीब चक्र में बैठी थीं, जिसके नीचे कुछ प्रतीक चिन्ह बनाए गए थे।

कैटलीन की गोद में एक भारी, लगभग सड़ी हुई सी पुरानी किताब थी, जिसे उसने राज्य की लाइब्रेरी से उधार लिया था। वह उसके पन्ने पलटती जा रही थी, ऐसे मंत्र की तलाश में जो एक राक्षस को बुला सके—यही तीनों की योजना थी।

आख़िरकार, जब कैटलीन को वह मंत्र मिल गया, तो उसने निकोल को लाल मोमबत्तियाँ जलाने का इशारा किया। जैसे ही कमरे में एक रहस्यमयी माहौल बना, कैटलीन ने अनजानी लैटिन भाषा में मंत्र पढ़ना शुरू किया:

"Ex umbris venite, daemonia terribilia."

ये शब्द कमरे में गूंज उठे, लेकिन कुछ खास नहीं हुआ। बाहर गर्म हवा पहले की तरह चल रही थी, और मोमबत्तियों की लौ भी सामान्य रूप से [illegible] रही थी।

"शायद तुमने कुछ गलत पढ़ा," रूबी ने धीरे से कहा, ताकि अनुष्ठान में विघ्न न पड़े।

"नहीं," कैटलीन ने सिर हिलाते हुए कहा, "मैंने एक-एक शब्द सही पढ़ा है।"

तीनों कुछ देर खामोश बैठीं, कमरे का वातावरण निराशा और असहजता से भरा हुआ था।

कैटलीन ने एक गहरी साँस ली और फिर से किताब के पन्नों में कुछ खोजने लगी। "यहाँ एक और मंत्र है," उसने उम्मीद भरे स्वर में कहा, और पढ़ना शुरू किया:

"Venire spiritus malus, ex tenebris surgete."

अब भी कोई प्रतिक्रिया नहीं हुई, और झुंझलाहट बढ़ने लगी थी।

"यह बेकार है," निकोल ने बड़बड़ाते हुए कहा।

"रुको," कैटलीन ने खुद को संयमित करते हुए कहा, "मैं फिर से पढ़ती हूँ—Venire spiritus malus, ex tenebris surgete."

एक बार फिर, कोई असर नहीं हुआ।

लेकिन तभी...

"Surgite... Surgete नहीं," एक गहरी, गुर्राती हुई आवाज़ ने उन्हें सुधारा—यह आवाज़ कमरे में मौजूद किसी भी लड़की की नहीं थी।

•11•

पैरालिसिस

छह महीने पहले, मैं एक सड़क दुर्घटना का शिकार हुआ था। मैं साइकिल चला रहा था और जैसे ही सड़क पार करने वाला था, एक तेज़ रफ्तार कार ने मुझे टक्कर मार दी। वो एक छोटी स्पोर्ट्स कार थी, लेकिन आकार के बावजूद, टक्कर इतनी ज़बरदस्त थी कि मेरी गर्दन से नीचे का पूरा शरीर लकवाग्रस्त हो गया।

अपंग होना कोई मज़ाक नहीं है। मुझे लगता है जैसे मैं एक पिंजरे में कैद हूं, पूरी तरह से बेबस। मेरे दोस्त और परिवार मुझे पूरा सहयोग देने की कोशिश करते हैं। वो बार-बार यही कहते हैं कि "ये अंत नहीं है", लेकिन सच कहूं तो उनके चेहरों पर दया साफ़ झलकती है। मैं जानता हूं कि वो मुझसे प्यार करते हैं, लेकिन अब मैं सिर्फ एक बोझ बन गया हूं।

दो हफ्ते पहले, मैंने दया-मृत्यु की मांग की—मुझे लगा यही मेरे दुख से मुक्ति का एकमात्र रास्ता है। जवाब में मुझे एक मनोवैज्ञानिक के पास ले जाया गया, मानो उससे कुछ फर्क पड़ने वाला था। कोई भी थेरेपी इस यातना को कम नहीं कर सकती थी, न ही जीवन के प्रति मेरा नज़रिया बदल सकती थी। कोई रास्ता नहीं था।

फिर भी, मुझे थेरेपी में जाना पड़ा। थेरेपी सेशन न केवल बेकार लगे, बल्कि वो मूर्ख-सा मनोवैज्ञानिक तो मुझे ये तक कह गया—"इस हालात में कुछ सकारात्मक ढूंढ़ो।" क्या मज़ाक है ये? इसमें भला क्या अच्छा हो सकता है? लेकिन शायद... कुछ था।

दुर्घटना से पहले भी मुझे लगभग हर रात स्लीप पैरालिसिस होता था। अब गलत मत समझिए—वो आज भी होता है, लेकिन अब जब मैं पहले

से ही असल ज़िंदगी में लकवाग्रस्त हूं, तो जब वो डरावने भ्रम आते हैं, मुझे जल्दी समझ आ जाता है कि वो वास्तविक नहीं हैं। पहले जो दहशत होती थी कि वो स्लीप पैरालिसिस डेमन मुझे नुक़सान पहुंचा देगा—अब वो डर नहीं रहा। मैं पहले से ही जड़ हो चुका हूं। मेरे शरीर का निचला हिस्सा तो मुझे महसूस ही नहीं होता। अब वो साया कर भी क्या सकता है? इससे ज़्यादा और क्या हो सकता है?

ये सोचकर मुझे थोड़ी राहत मिलने लगी, और मैंने उस स्लीप पैरालिसिस साये पर ज़्यादा ध्यान देना बंद कर दिया—क्योंकि मुझे पूरा यकीन था कि वो मुझे कोई नुकसान नहीं पहुंचा सकता।

लेकिन फिर एक रात, वो साया पास आया—और मैंने अपनी बाईं टांग पर उसका ठंडा स्पर्श महसूस किया।

•12•

लाल रोशनी

1974 में हुए एक भयानक आतंकवादी हमले के बाद, लॉयड ने खुद को एक भीड़-भाड़ वाले अस्पताल में पाया। सभी वार्ड पूरी तरह से भर चुके थे, और आख़िरी विकल्प के तौर पर अस्पताल स्टाफ़ ने उसे मुर्दाघर के ठीक बगल में स्थित एक छोटी, बिना खिड़की वाली, अंधेरी और सीलनभरी कोठरी में रख दिया। कमरा इतना अंधेरा था कि लॉयड को अपना बिस्तर ढूँढने में भी परेशानी हो रही थी। माहौल इतना डरावना था कि चोटों के बावजूद वह अस्पताल छोड़ने की सोचने लगा—लेकिन स्टाफ़ ने उसे अनुमति नहीं दी।

अंधेरे में उसे बस एक ही चीज़ थोड़ी राहत देती थी—कमरे के कोने में चमकती दो लाल बिंदियाँ।

लॉयड जानता था कि ठीक होने के लिए उसे चलना ज़रूरी है, इसलिए उसने डर पर काबू पाते हुए धीरे-धीरे अस्पताल की अधबुझी गलियों में टहलना शुरू किया। इन्हीं में से एक टहल के दौरान, उसकी जिज्ञासा उसे मुर्दाघर की ओर ले गई। अंदर झाँकते ही उसने एक सुंदर महिला को देखा, जो शायद मोर्टीशियन (शवसज्जा कर्मी) थी।

अकेला और उसकी सुंदरता से आकर्षित होकर, लॉयड ने हिम्मत करके अंदर कदम रखा और झिझकते हुए पूछा, "क्या आपको यहाँ डर नहीं लगता?"

महिला ने शालीन मुस्कान के साथ जवाब दिया, "क्यों डर लगेगा? जो मर गए हैं, वो तो हिलते भी नहीं और किसी को नुकसान भी नहीं पहुँचाते।"

वह बहुत ध्यान से शवों को किसी विशेष क्रम में सजा रही थी।

थोड़ा सहज महसूस करते हुए लॉयड ने पूछा, "आप क्या कर रही हैं?"

महिला ने उत्तर दिया, "मैं शवों को डॉक्टर जोसेफ के निर्देशानुसार रख रही हूँ। कुछ को विशेष देखभाल की ज़रूरत है।"

लॉयड ने सिर हिलाया, और भले ही वह बातचीत को आगे बढ़ाना चाहता था, लेकिन माहौल कुछ ज़्यादा ही डरावना लग रहा था, इसलिए वह अपने कमरे लौट गया। उसने रोशनी बुझाने से पहले कमरे के फर्नीचर की स्थिति को याद करने की कोशिश की, ताकि अंधेरे में किसी चीज़ से टकराए नहीं। उसने उन चमकती लाल बिंदियों का स्रोत भी ढूँढने की कोशिश की, लेकिन कुछ नहीं मिला। जब कुछ नहीं मिला, तो उसने अनदेखा कर दिया और सोने की तैयारी करने लगा।

उस रात, वह बिस्तर पर लेटा रहा और उन लाल बिंदियों को घूरते हुए खुद को दिलासा देता रहा, "बस एक दिन और... मैं सह लूँगा। मोर्टीशियन तो प्यारी थी, लेकिन ये जगह बहुत अजीब है। कल उसका नंबर माँग लूँगा।"

अगली सुबह, लॉयड एक बार फिर मुर्दाघर पहुँचा, इस उम्मीद में कि वह महिला फिर मिलेगी। वहाँ पहुँचकर उसकी नज़र एक शव पर पड़ी, जिसे वह कल भी देख चुका था। भ्रमित होकर उसने पूछा, "क्या ये शव सड़ने नहीं लगा है?"

महिला ने अपने काम में व्यस्त रहते हुए उत्तर दिया, "कोई और उपाय नहीं था। डॉक्टर जोसेफ बहुत व्यस्त हैं। उन्होंने कल ही इसकी आँखें निकालनी थीं, लेकिन समय नहीं मिला।"

लॉयड की जिज्ञासा और बढ़ी। "आँखें क्यों?"

मोर्टीशियन ने उसकी ओर देखा और कहा, "डॉक्टर जोसेफ ने कहा था कि उन्होंने पहले कभी लाल रंग की चमकती हुई आँखें नहीं देखीं। ऐसी आँखें बहुत दुर्लभ होती हैं।"

लॉयड कुछ और पूछने ही वाला था कि अचानक उसे कुछ याद आया—और वह सन्न रह गया। उसका चेहरा पीला पड़ गया, जैसे दिमाग़ ने अभी-अभी टुकड़े जोड़ कर पूरी सच्चाई समझ ली हो।

"उ-उम... क्या ये शव बहुत पहले से यहाँ है?"

"नहीं, जिस दिन आतंकवादी हमला हुआ था—उसी दिन से।"

•13•

रात्रि गश्त

कैलफ्रान संग्रहालय में कुल 32 मूर्तियाँ रखी गई थीं।

हाल ही में संग्रहालय ने एक नए नाइट गार्ड की भर्ती के लिए विज्ञापन दिया। ज़ैक नामक एक व्यक्ति, जो हाल ही में शहर में आया था, इस पद के लिए आवेदन करने पहुँचा। एक संक्षिप्त इंटरव्यू के बाद ज़ैक ने मानव संसाधन प्रबंधक से हाथ मिलाया और उसे तुरंत कार्यस्थल का दौरा करवाया गया।

पूरा संग्रहालय घुमाने और उसकी जिम्मेदारियाँ समझाने के बाद, ज़ैक को उसकी यूनिफ़ॉर्म सौंपी गई। वहाँ से निकलते वक्त, पुराने सिक्योरिटी गार्ड ने उसे एक चेतावनी दी:

"शुरुआत करने से पहले एक जरूरी बात सुन लो। जब रात ग्यारह बजे अपनी गश्त शुरू करो, तो सब कुछ ध्यान से जांचना। लेकिन आधी रात के बाद, दाहिने प्रवेश द्वार के सामने वाले हॉल के कोने की तरफ—कभी मत देखना।"

"मूर्तियों की तरफ? लेकिन क्यों?" ज़ैक ने हैरानी से पूछा।

"मालूम नहीं। मैंने खुद कभी नहीं देखा। यह बस नियम है।"

"बहुत अजीब है," ज़ैक ने सोचा। फिर बोला, "लेकिन अगर वहाँ कोई चोर हो तो?"

"ठीक है, नए हो तुम। बस जो कहा गया है, वो करो।"

ज़ैक ने सिर हिलाया, लेकिन उसके मन में संदेह बना रहा।

पहली रात, ज़ैक समय से थोड़ा पहले पहुँचा ताकि वह संग्रहालय की बनावट को समझ सके और प्रदर्शनियों को देख सके। जैसे ही आधी रात करीब आई, उसने सुनिश्चित किया कि सारे दरवाज़े बंद हैं और सब कुछ सुरक्षित है। फिर हॉल की लकड़ी की घड़ी ने बारह बार घंटी बजाई—आधी रात का संकेत।

ज़ैक अपनी कुर्सी पर बैठ गया, अर्थशास्त्र की एक किताब खोली और टेबल लैंप की मद्धम रौशनी में पढ़ने लगा।

कई घंटे शांति से बीत गए। संग्रहालय एकदम शांत था। गर्दन को हल्का मोड़ते हुए, ज़ैक की नजर लगभग उस मना किए गए कोने की ओर चली गई—लेकिन वह समय रहते रुक गया। जिज्ञासा धीरे-धीरे उसे भीतर से कुरेदने लगी।

उसी वक्त, उसे सुनाई दी कुछ धीमी पदचापें—ठीक उसी कोने से। ज़ैक सतर्क हो गया, लेकिन फिर उसे उस चेतावनी की याद आई और उसने अनसुना करने की कोशिश की।

इसके बाद, एक धीमी खटखटाहट सुनाई दी—जैसे कोई एक मूर्ति को थपथपा रहा हो। ज़ैक ने अपनी किताब को कसकर पकड़ लिया, खुद को देखने से रोकने की कोशिश करता रहा।

मगर खटखटाहट तेज़ होती गई—हर बार ज़्यादा ज़ोर से, ज़्यादा तेजी से। अब ये आवाज़ जैसे उसके धैर्य की परीक्षा ले रही थी।

ज़ैक का दिमाग उलझनों से भर गया। अगर कोई मूर्तियाँ तोड़ रहा हो तो? अगर कुछ गड़बड़ हो गई हो तो?

आख़िरकार, उसकी हिम्मत जवाब दे गई। उसने अपना सिर धीरे-से घुमाया और उस दाहिने कोने की ओर देखा।

कैलफ्रान संग्रहालय में अब 33 मूर्तियाँ हैं।

•14•

अद्भुत जीवन

मुझे ज़िंदगी से बेहद लगाव है, और मैं मानता हूँ कि हमें अपने बचे हुए समय को अपनों के साथ प्यार से बिताना चाहिए। पहले मुझे मौत से डर लगता था, लेकिन समय के साथ समझ आ गया कि वह तो निश्चित है—हमें बस जीते जाना है। इसलिए, जब तक संभव हो, हर किसी के साथ गर्मजोशी से पेश आना चाहिए।

जब भी मैं काम से घर लौटता हूँ, मैं थकान को एक ओर रखकर पूरी कोशिश करता हूँ कि अपनी प्यारी पत्नी के साथ ज़्यादा से ज़्यादा वक्त बिता सकूँ। चाहे दिन कितना भी थकाऊ क्यों न हो, उसकी मौन मौजूदगी में समय बिताना मेरे लिए सबसे सुखद अनुभव होता है।

अपनी पत्नी से बेइंतहा मोहब्बत के चलते मैंने एक प्यारी-सी आदत बना ली है—हर रोज़, काम पर निकलने से पहले या रात को सोने से पहले मैं उसके माथे पर एक प्यार भरा चुंबन देता हूँ। यह छोटा-सा इशारा ही मेरे दिन का सबसे सुंदर अंत होता है।

बस, यही मेरी ज़िंदगी है।

मैं ज़िंदगी की क्षणभंगुरता को समझ चुका हूँ, और इसलिए मैं हर अवसर का लाभ उठाकर अपनी पत्नी को स्नेह जताता हूँ... जब तक कि उसके कटे हुए सिर में सड़न इतनी न बढ़ जाए कि मुझे कोई नई पत्नी लानी पड़े।

•15•

किताब

एलेना ने अपने नीरस जीवन से एक छोटा सा ब्रेक लेने का फैसला किया और अपने दोस्त द्वारा सुझाए गए एक हिल स्टेशन रिसॉर्ट टाउन की ओर निकल पड़ी। वहाँ की हरियाली और ठंडी, ताज़ी हवा उसके लिए किसी जादुई राहत से कम नहीं थी।

दिनभर वह नई-नई पगडंडियों पर घूमती, शहर की गलियों को खोजती और नए दोस्त बनाती रही। लेकिन जब बरसात के दिन आ गए, तो उसे अधिकांश समय कमरे में बंद रहना पड़ा। वह कुछ किताबें साथ लाई थी, लेकिन उन्हें वह जल्दी ही पढ़ चुकी थी। कुछ नया पढ़ने की चाह में वह स्थानीय पुस्तकालय पहुँच गई।

पुस्तकालय में प्रवेश करते ही उसने देखा कि लाइब्रेरियन अपने डेस्क के पीछे बैठा था, बड़े हेडफोन पहने, संगीत में खोया हुआ। वह शायद ही किसी आगंतुक पर ध्यान देता—हर बार बस चुपचाप एक किताब बढ़ा देता, बिना कोई सवाल किए।

शेल्फ़ पर नज़र दौड़ाते हुए एलेना की नजर एक काले रंग की किताब पर पड़ी। उत्सुकता से वह उसे लेकर लाइब्रेरियन के पास गई। किताब देखकर लाइब्रेरियन तुरंत सावधान मुद्रा में आ गया और गंभीर स्वर में बोला:

"यह किताब आप नहीं ले जा सकतीं।"

"क्यों नहीं?" एलेना ने चौंक कर पूछा।

थोड़ी देर चुप रहने के बाद वह बोला, "यह किताब यहाँ की नहीं है। कृपया इसे वापस रख दें।"

लेकिन एलेना ठान चुकी थी कि वह किताब जरूर पढ़ेगी। उसने दिखावा किया कि वह किताब वापस रख रही है, लेकिन जब लाइब्रेरियन का ध्यान नहीं था, उसने चुपचाप उसे अपने बैग में डाल लिया।

जब वह बाहर निकल रही थी, तो लाइब्रेरियन ने पुकारा:

"ठीक है, अगर तुम इतनी ज़िद कर रही हो, तो पढ़ लो। लेकिन एक चेतावनी है: जैसे ही तुम किताब खत्म करोगी, ठीक एक महीने बाद, तुम्हें एक काली पोशाक में डरावने चेहरे वाली औरत दिखाई देगी। अब तक जिसने भी यह किताब पढ़ी है और मुझसे बात की है, उसने यही बताया है। इसलिए मेरा सुझाव है कि किताब खत्म करने के एक महीने बाद उस दिन भीड़ वाली जगह में रहना, क्योंकि अगर तुम अकेली हुईं... मुझे नहीं पता क्या होगा।"

एलेना को यह सब बकवास लगा।

"शायद नशे में है ये," उसने सोचा और लौट गई।

उस रात, उसने किताब पढ़ना शुरू किया। यह डरावनी कहानियों का संग्रह था, जो उसे खास पसंद नहीं थीं—उसे तो रोमांटिक उपन्यास पढ़ने का शौक था—लेकिन समय बिताने के लिए वह पढ़ती रही।

रात के आखिरी पहर, उसने अंतिम पंक्ति पढ़ी:

"सावधान रहना, और शुभकामनाएँ।"

उसने किताब बंद की और कुछ ही समय बाद उसे भूल गई।

अगले दिन बारिश बंद हो गई, और उसका शेष अवकाश मज़ेदार रहा—घूमना, तस्वीरें खींचना, नई जगहों का आनंद लेना।

अपने आखिरी दिन पर, उसे किताब की याद आई और वह उसे लौटाने के लिए पुस्तकालय गई। इस बार लाइब्रेरियन वहाँ नहीं था, इसलिए उसने किताब डेस्क पर रख दी और चेक-आउट की तारीख पर नज़र डाली।

"अरे, कल ही तो एक महीना पूरा हुआ था किताब खत्म किए हुए... कोई औरत नहीं दिखी," वह मुस्कुराई और ट्रेन पकड़ कर शहर लौट आई।

घर पहुँच कर, थकी-मांदी एलेना जल्दी सोने चली गई। लेकिन चाहे जितनी भी थकावट हो, उसे नींद नहीं आई। लेटे-लेटे उसका मन भटकने लगा, और अचानक उसे याद आया—उसने किताब आधी रात के बाद खत्म की थी, मतलब असली एक महीना अभी पूरा नहीं हुआ—आज रात को ही पूरा होगा।

उसका दिल तेज़ धड़कने लगा। वह करवटें बदलती रही, घड़ी की सुइयों को बढ़ते हुए देखती रही।

जब घड़ी में बारह बजे, उसने चैन की साँस ली और करवट बदलकर सोने ही वाली थी कि तभी कमरे का दरवाज़ा धीरे-धीरे चरमराता हुआ खुला। उसका दिल जोर-जोर से धड़कने लगा। उसने आईने की ओर देखा, और वहाँ एक सफेद चेहरे वाली, काले कपड़ों में लिपटी औरत खड़ी थी।

सन्नाटा टूटा जब औरत ने कर्कश, भयावह आवाज़ में कहा:

"तुम्हारी घड़ी... ठीक नहीं चल रही है।"

•16•

धुंधली यादें

काम से थका-हारा जेवियर ऑफिस में ही घर की चाबी भूल गया था। एक लंबे और कठिन दिन के बाद, जब वह अपने पहले माले के अपार्टमेंट पहुँचा, तो उसे एहसास हुआ कि अब वह अंदर नहीं जा सकता।

जेवियर ने दरवाज़ा खटखटाया, लेकिन कोई जवाब नहीं मिला। उसे लगा शायद उसकी पत्नी सो रही है, या फिर उसकी किशोर बेटी हेडफ़ोन लगाए ज़ोरदार संगीत सुन रही है और दरवाज़े की आवाज़ नहीं सुन पाई।

अंदर जाने को बेताब होकर जेवियर ने लिविंग रूम की खिड़की से झाँकने की सोची, जहाँ परदा थोड़ा सा खिसका हुआ था। उसे उम्मीद थी कि वह अपने परिवार को डिनर के बाद आराम करते हुए देखेगा।

शुरुआत में वहाँ कुछ नहीं दिखा—सिर्फ़ खाली कमरा और बंद टीवी। वह लगभग पीछे हटने ही वाला था कि उसकी नज़र एक आकृति पर पड़ी जो बुकशेल्फ़ की ओर बढ़ रही थी। वह उसकी दादी थीं—धीरे-धीरे चलती हुईं, शेल्फ़ पर रखी चीज़ों को देखती हुईं।

कुछ पल के लिए जेवियर की थकान राहत में बदल गई—आख़िर कोई तो था जो उसे अंदर आने दे सकता था। ज़रूर, उनकी सुनने की समस्या और डिमेंशिया के कारण यह तय नहीं था कि वह खटखटाने की आवाज़ सुन पाएंगी, लेकिन कोशिश करने में क्या हर्ज था?

बिना कुछ सोचे, जेवियर ने खिड़की पर दस्तक देना शुरू कर दिया, उम्मीद थी कि दादी उसे देख लेंगी और दरवाज़ा खोल देंगी। उसने

लगभग पाँच बार खटखटाया... और तभी एक सिहरन भरा अहसास उसके ज़हन में कौंधा।

वह इतनी थकान में था कि भूल ही गया था—उसकी दादी तो एक महीने पहले ही गुजर चुकी थीं। वह वहाँ कैसे हो सकती थीं?

जेवियर वहीं जड़ हो गया, हाथ अब भी खिड़की पर टिका हुआ था। इससे पहले कि वह आकृति मुड़कर उसका चेहरा देखती, वह उल्टे पाँव ऐसे भागा मानो उसकी जान पर बन आई हो।

•17•

तमाशा

यह गर्मी का मौसम था—छुट्टियों का समय। ह्यू और उसकी पत्नी एमी विदेश में अपनी छुट्टियाँ मना रहे थे। ऐतिहासिक स्थलों की सैर करने, स्थानीय रेस्तरां में तरह-तरह के स्वाद चखने और रंग-बिरंगी दुकानों में घूमने के बाद, अब वे समझ नहीं पा रहे थे कि आगे क्या करें।

इधर-उधर टहलते हुए, उनकी नज़र एक पुराने से थिएटर बोर्ड पर पड़ी, जिस पर लिखा था—"स्वर्ग की कीमत"। ऐसा लगा मानो उनकी बोरियत का दिव्य समाधान उन्हें मिल गया हो।

उन्हें नाम जाना-पहचाना सा लगा। यह वही शो था जिसके बारे में निकोलस ने बताया था—वह दोस्त जो कल ही एक रेस्तरां में मिले थे। वाइन की चुस्कियों के बीच, उसने इस शो की खूब तारीफ़ की थी और कहा था कि वह रात को इसे देखने जा रहा है।

"क्यों न उसे कॉल करके पूछ लें कि शो कैसा था?" एमी ने सुझाव दिया।

"क्यों? हमारे पास तो वैसे भी कुछ करने को नहीं है," ह्यू ने जवाब दिया।

अंततः उन्होंने तय किया कि शो देख ही लिया जाए।

थिएटर के अंदर हल्की मोमबत्तियों की रोशनी और दर्शकों की धीमी-धीमी सरगोशियाँ माहौल को रहस्यमय बना रही थीं। शो शुरू हुआ, और जल्द ही उन्हें महसूस हुआ कि यह कोई सामान्य नाटक नहीं, बल्कि किसी प्राचीन अनुष्ठान की तरह था—भयानक संगीत और मंच पर बने गहरे, रहस्यमयी चिन्ह इसकी गवाही दे रहे थे।

जैसे-जैसे शो आगे बढ़ा, एमी बेचैन होने लगी।

"मुझे ये जगह पसंद नहीं... चलो यहाँ से चलते हैं," उसने फुसफुसाकर कहा।

लेकिन ह्यू मंच पर मुग्ध था।

"अरे देखो तो, कितनी खूबसूरती से सब कुछ तैयार किया है! कितना मेहनत लगी होगी इस सब में!"

एमी ने न चाहते हुए भी हामी भर दी, और दोनों वहीं बैठे रहे।

कहानी धीरे-धीरे बेतुकी होती चली गई, और करीब एक घंटे बाद, नाटक अपने चरम पर पहुँच गया।

अंतिम दृश्य में, मानव जैसी आकृतियाँ—जो देखने में पुतलों जैसी थीं—छत से लटकती रस्सियों के सहारे मंच पर उतारी गईं। उनके गले में फंदे लगे थे।

दर्शकों ने चौंक कर देखा, फिर तालियाँ बजाईं। ह्यू और एमी भी शुरुआत में तालियाँ बजा रहे थे, लेकिन जल्द ही उनके चेहरे पर डर छा गया—क्योंकि उनमें से एक "पुतला" कोई और नहीं, निकोलस था।

पहले उन्हें लगा कि यह शो का कोई चौंकाने वाला मोड़ है। लेकिन जैसे-जैसे समय बीतता गया और वे आकृतियाँ हिलीं नहीं, हकीकत सामने आने लगी।

थिएटर में चीख-पुकार मच गई। लोग बाहर भागने लगे, लेकिन सारे दरवाज़े बंद थे।

अगले दिन सुबह, थिएटर के दरवाज़े फिर खुले। एक नई भीड़ "स्वर्ग की कीमत" देखने के लिए भीतर आई। और एक अजीब मोड़ में, ह्यू

और एमी ने यह नाटक फिर देखा—लेकिन इस बार दर्शक नहीं, बल्कि अंतिम दृश्य की सजावट के रूप में।

•18•

पंजे

गैरी नाम का एक युवक एक एकांत पहाड़ी गाँव में रहता था। उसके आसपास के घने जंगलों में भालुओं की संख्या काफी अधिक थी, इसलिए गैरी न केवल एक कुशल शिकारी था, बल्कि खतरों को लेकर बेहद सतर्क भी रहता था अपने साधारण लकड़ी के केबिन को जंगली जानवरों से सुरक्षित रखने के लिए उसने दरवाज़ों पर मज़बूत ज़ंजीरें और भारी धातु के ताले लगाए थे। गैरी कभी भी अपनी भरोसेमंद राइफल के बिना नहीं दिखता था—वही राइफल जिसने कई बार उसकी जान बचाई थी।

कई वर्षों तक गैरी ने जंगल और जीवन के बीच संतुलन बनाए रखा। लेकिन पिछले साल कुछ असामान्य घटनाएँ होने लगीं। उसे अक्सर अपने घर की दीवारों और फर्नीचर पर गहरे नाखूनों के निशान मिलते। शायद भूख या दुस्साहस के चलते भालू अब इंसानी घरों तक आने लगे थे। यह कोई अनोखी बात नहीं थी।

मगर सबसे चौंकाने वाली बात यह थी कि गैरी ने कभी किसी जानवर को घर के अंदर नहीं देखा। सिर्फ वे भयंकर पंजों के निशान जो हर सुबह यह एहसास दिलाते कि वह अब भी खतरे में है।

एक भयंकर सर्दी के मौसम में, गैरी ने तय कर लिया कि अब बहुत हो चुका। हर रात डर के साए में जागना और यह सोचते रहना कि कहीं किसी रात कोई भालू घर के अंदर न हो जाए—यह सब अब असहनीय हो गया था। आख़िरकार, उसने गाँव छोड़ने का फ़ैसला किया।

गैरी ने अपना प्यारा केबिन बेच दिया, अपनी सारी बचत जोड़ी, और एक ऐसे शहर का रुख किया जो जंगलों से कोसों दूर था। यह एक कठिन

निर्णय था, मगर सुरक्षा और एक नई शुरुआत की उम्मीद ने उसके पुराने जीवन के मोह को पीछे छोड़ दिया।

शहर पहुँचते ही उसने एक छोटा लेकिन आरामदायक फ्लैट किराए पर ले लिया, जो एक आधुनिक इलाक़े में स्थित था। अगली सुबह, पहाड़ों की शांत सुबह के विपरीत, शहर की चहल-पहल के बीच उठना उसे अच्छा लगा।

नया जीवन उसे उत्साह और राहत से भर गया था।

लेकिन उसी शाम, जब वह टहलने के बाद अपने नए घर लौटा, तो उसका दिल बैठ गया।

डाइनिंग टेबल और सोफ़े के किनारों पर ताज़ा खरोंचों के निशान थे।

भय से कांपते हुए उसने घर के बाकी हिस्सों की तलाशी ली—बेडसाइड टेबल और बुकशेल्फ पर भी वही खुरचने के निशान मौजूद थे।

गैरी का दिमाग हज़ारों सवालों से भर गया। यह फिर कैसे हो रहा है? भालू तो अब बहुत पीछे छूट चुके थे। तो क्या यह कुछ और है? या फिर... कोई है?

•19•

सवारी

वेस और ग्विनेट, एक नवविवाहित जोड़ा, अपने शहर से बाहर आयोजित एक भव्य मेले में शामिल हुए। वहाँ उन्होंने इतनी ज़्यादा खरीदारी कर डाली कि दिन के अंत तक उनके पास एक पैसा भी नहीं बचा। इसका मतलब था कि वे घर वापस जाने के लिए किसी भी तरह की सवारी नहीं ले सकते थे।

सड़क किनारे खड़े होकर वे इंतज़ार करते रहे, उम्मीद थी कि कोई उन्हें लिफ्ट दे देगा। शुरुआत में उन्होंने पैदल चलने का विचार किया—घर करीब 15 किलोमीटर दूर था। मगर रास्ता स्टेनबर्न नाम के बदनाम गाँव से होकर जाता था, जहाँ अपराध और रहस्यमय गुमशुदगियों के किस्से आम थे। वे उस रास्ते से जाने का जोखिम नहीं लेना चाहते थे।

कई घंटे बीत गए और कोई नहीं रुका। थक-हारकर वे पैदल चलने ही वाले थे कि दूर से एक धूलभरी पुरानी कार दिखाई दी। कार धीरे हुई, और ड्राइवर—जो दिखने में वेस और ग्विनेट की उम्र का ही लग रहा था—ने खिड़की नीचे कर पूछा, "लिफ्ट चाहिए क्या?" जोड़ा राहत से भर उठा और तुरंत कार में बैठ गया। वेस आगे की सीट पर बैठा, जबकि ग्विनेट पीछे।

पीछे की सीट पर पहले से ही एक महिला सो रही थी, जो एक हल्के कंबल से ढकी थी। ड्राइवर, जिसका नाम जॉन था, ने बताया कि वह उसकी पत्नी बर्था है और उसे रातों में नींद नहीं आती, इसलिए दिन में सोती है। उसने उनसे अनुरोध किया कि वे उसे न जगाएँ।

"अच्छा है कि वो सो रही है," जॉन बोला। "स्टेनबर्न से गुजरते हुए वो परेशान नहीं होगी।"

वेस ने बात आगे बढ़ाते हुए कहा, "ओह, तो हम ही नहीं डरते उस जगह से?"

जॉन ने सिर हिलाया, "बिलकुल नहीं। वो जगह खतरनाक है—डकैतों और हत्यारों से भरी हुई है। जैसे ही स्टेनबर्न का साइन दिखता है, वहाँ की हवा भी भारी लगने लगती है।"

घुमावदार पहाड़ी रास्तों से गुजरते हुए कार अचानक एक गड्ढे में जा लगी। पीछे की सीट पर बैठी बर्था लगभग गिर ही पड़ी, लेकिन ग्विनेट ने समय रहते उसे थाम लिया।

"उफ़्फ़, वो तो लगभग जाग ही गई थी," ग्विनेट ने धीरे से कहा।

जॉन का चेहरा तन गया। वह बुदबुदाया, "मुझे हमेशा डर रहता है कि इस जगह में कार खराब न हो जाए।"

कुछ देर बाद उन्हें सामने एक छोटा सा पेट्रोल पंप दिखा। तभी ग्विनेट ने शिकायत की कि उसे टॉयलेट जाना है। वेस ने कहा कि थोड़ा और सह ले, लेकिन वह ज़िद पर अड़ गई।

"अगर सह सकती तो करती। चलो मेरे साथ। बैग थामना पड़ेगा... लड़की वाली बातें हैं," उसने हँसते हुए कहा। "माफ करना जॉन, ज़रा देर लग सकती है।"

"कोई बात नहीं," जॉन ने सिर हिलाया।

वेस और ग्विनेट पंप के पीछे बने टॉयलेट की ओर बढ़े। लेकिन जैसे ही वे कार से थोड़ा दूर पहुँचे, ग्विनेट ने वेस का हाथ कसकर पकड़ा और उसे एक कोने में ले गई।

वहाँ पहुँचकर उसने हाँफते हुए कहा, "हमें अभी भागना होगा।"

वेस हक्का-बक्का रह गया। “क्यों? हुआ क्या?”

ग्विनेट ने इधर-उधर देखा, गहरी साँस ली और कहा,

“बर्था सो नहीं रही है—वो मर चुकी है। नहीं, उसका क़त्ल किया गया है।”

•20•

पूर्वाभास

लीया का पति, ऐडन, अक्सर काम के सिलसिले में बाहर सफ़र पर रहता था। एक ठंडी सुबह, जब लीया खिड़की के पास बैठकर एक रोमांटिक उपन्यास में डूबी हुई थी, उसे मुख्य दरवाज़े की चरमराहट सुनाई दी। उसकी हैरानी और खुशी का ठिकाना न रहा जब उसने देखा कि ऐडन घर के भीतर आ रहा था। उसकी मौजूदगी से जैसे पूरा कमरा एक पल में गर्म हो गया।

"ऐडन, तुम आ गए!" लीया ने किताब एक तरफ रखते हुए खुशी से पुकारा और दौड़कर उसे गले लगा लिया।

"मैं ज़्यादा देर नहीं रुक पाऊँगा," ऐडन ने धीरे से मुस्कुराते हुए कहा, उसे अपनी बाहों में भींचते हुए। "मुझे फिर से जाना होगा।"

लीया का चेहरा उतर गया।

"कल रात मुझे एक बहुत ही डरावना सपना आया," उसने काँपती आवाज़ में कहा। "इस बार मत जाओ... यहीं रहो मेरे साथ।"

ऐडन ने कोई जवाब नहीं दिया। उसने बस लीया के माथे पर एक कोमल चुंबन दिया और दरवाज़े से बाहर चला गया।

करीब एक घंटे बाद, जब लीया खुद को घर के कामों में व्यस्त रखने की कोशिश कर रही थी, दरवाज़े पर दस्तक हुई। उसने दरवाज़ा खोला, तो सामने एक गंभीर चेहरा लिए पुलिस अधिकारी खड़ा था।

"मिसेज मैथ्यूज़?" उसने पूछा, आवाज़ में गहराई और संजीदगी थी।

"जी... मैं ही हूँ," लीया ने जवाब दिया। उसका दिल तेजी से धड़कने लगा।

"मुझे खेद है, लेकिन आपके लिए एक बुरी ख़बर है," अधिकारी ने कहा। "आपके पति, ऐडन मैथ्यूज़, एक कार दुर्घटना में शामिल थे। अफ़सोस की बात है कि उनकी मौत हो गई।"

लीया की टाँगें लड़खड़ा गईं। वह दरवाज़े की चौखट को पकड़कर रोने लगी।

"मैंने उसे मना किया था... आज सुबह मैंने उसे मना किया था, कहा था मत जाओ..." उसकी आवाज़ टूट गई।

पुलिस अधिकारी ने हैरानी से उसकी ओर देखा।

"मिसेज मैथ्यूज़... दुर्घटना कल हुई थी। आपके पति की मौत बीती रात हो चुकी थी।"

•21•

नींद में भटकाव

यह घटना 1997 की है। लिंडन परिवार—जॉन, मैरी और उनका सात साल का बेटा ब्रूस—शहर से करीब छह मिनट की दूरी पर स्थित एक पुराने लकड़ी के घर में आकर रहने लगे। यह घर 1910 के दशक में बना था। हालत तो ठीक-ठाक थी, लेकिन जॉन को पता था कि इस घर के कई मालिक बदले जा चुके थे। फिर भी, उसमें कुछ भी संदिग्ध नहीं लगा। घर बहुत आलीशान नहीं था, और जॉन का इरादा था कि जैसे ही उसकी आर्थिक स्थिति सुधरेगी, वह कहीं और चला जाएगा।

शुरुआत में सब कुछ सामान्य था, लेकिन एक रात मैरी ने सुना कि ब्रूस नींद में कुछ बोल रहा है। वह शब्दों को साफ़ नहीं समझ सकी, लेकिन उसे चिंता ज़रूर हुई। उसने अगली सुबह जॉन को बताया, मगर जॉन ने बात को हल्के में लेते हुए कहा,

"बच्चों के लिए नई जगह अपनाना आसान नहीं होता। वे कभी-कभी अजीब बातें करते हैं। चिंता की कोई बात नहीं है।"

लेकिन समय के साथ ब्रूस की नींद में बड़बड़ाहट और बढ़ने लगी। परेशान मैरी अक्सर उसके कमरे के दरवाज़े के पास खड़ी हो जाती और कान लगाकर सुनती। उसे कभी-कभी ऐसे वाक्य सुनाई देते—"मुझे अकेला छोड़ दो", या "मैं तुम्हें यहाँ नहीं चाहता।"

एक रात उसने साफ़ सुना,

"मॉरिस अकेला रहना चाहता है।"

मैरी ने ज़ोर देकर जॉन को समझाया कि उन्हें मदद लेनी चाहिए। वे ब्रूस को शहर के एक प्रसिद्ध बाल मनोचिकित्सक के पास ले गए। कई सत्रों

के बाद डॉक्टर ने उन्हें आश्वस्त किया कि यह केवल नई जगह की वजह से उत्पन्न तनाव का असर है, जो समय के साथ ठीक हो जाएगा।

कुछ दिन तक ऐसा ही लगा कि ब्रूस में सुधार हो रहा है—लेकिन फिर सब कुछ और भी बुरा हो गया।

एक रात मैरी की नींद खुली तो ब्रूस बिस्तर पर नहीं था। घबराकर दोनों ने घर में ढूंढना शुरू किया। ब्रूस घर के गलियारों में टहलता मिला—सोते हुए, हाथ में रसोई का चाकू, और उसी डरावनी बड़बड़ाहट के साथ।

डरे हुए माता-पिता ने उसे नुकसान से बचाने के लिए रात में उसे बिस्तर से बाँधने का फ़ैसला किया।

लेकिन ब्रूस ने किसी तरह खुद को फिर से आज़ाद कर लिया। इस बार उसने वही चाकू पकड़ा हुआ था और बर्फ़-सी ठंडी, सपाट आवाज़ में कहा:

"मॉरिस अकेला रहना चाहता है।"

थक-हारकर, उन्होंने स्थानीय पादरी फादर मार्कोस को बुलाया, जो आत्मा-शुद्धिकरण और भूत-प्रेत मामलों में जाना जाता था। उन्होंने पूरे घर में प्रार्थना और आशीर्वाद दिया।

कुछ दिन तक सब सामान्य रहा, जैसे घर में शांति लौट आई हो।

लेकिन तीसरी रात, जॉन और मैरी ब्रूस की ठंडी, डरावनी हँसी से जाग उठे। वे तुरंत उसके कमरे की ओर दौड़े, मगर आवाज़ रसोई से आ रही थी।

रसोई में ब्रूस दीवार के पास खड़ा था, और परिवार के कुत्ते गाबू को मार चुका था। उसने गाबू के खून से दीवार पर लिखा था:

"मॉरिस अकेला रहना चाहता है।"

दहशत में डूबे जॉन और मैरी ने घर के इतिहास की तह तक जाने का निश्चय किया। उन्हें पता चला कि मॉरिस थॉम्पसन नामक एक व्यक्ति ने यही घर 1910 के दशक में बनवाया था और यहीं रहता था, लेकिन उसकी रहस्यमय हालात में हत्या हो गई थी।

संदेह था कि उसका करीबी दोस्त कैमरन बॉयस ही हत्यारा था, जिसने मॉरिस की मौत के कुछ ही दिनों बाद यह घर बहुत सस्ते में खरीद लिया था। लेकिन एक महीने के भीतर, कैमरन और उसके पूरे परिवार की निर्मम हत्या कर दी गई।

इसके बाद इस घर में जो भी परिवार रहा, हर किसी की भयानक मौत हुई।

इतिहास जानने के बाद लिंडन परिवार को यकीन हो गया कि यह घर श्रापित है। अगली ही सुबह उन्होंने सारा सामान बाँधा और वहाँ से हमेशा के लिए चले गए, इस उम्मीद में कि दूर कहीं उन्हें फिर से शांति और सुरक्षा मिलेगी।

•22•

आधी रात की खलल

एक रात, सुबह के तीन बजे डोरबेल की आवाज़ ने मेरी नींद तोड़ दी। मैंने जल्दी से गाउन पहना, आँखें मसलते हुए दरवाज़े तक पहुँचा और झाँकने का छेद से बाहर झाँका—लेकिन वहाँ कोई नहीं था। हॉलवे की लाइटें, जो मोशन सेंसर से जलती थीं, अब भी जल रही थीं—पर सामने कोई नहीं खड़ा था।

मैं थोड़ा हैरान हुआ, लेकिन सोचा शायद किसी ने गलती से बेल बजा दी होगी। कंधे उचकाकर मैं वापस बिस्तर पर चला गया और दोबारा सोने की कोशिश करने लगा। लेकिन जैसे ही नींद आने लगी, डोरबेल फिर बज उठी।

झुंझलाकर मैं दोबारा उठा, इस बार तेज़ी से दरवाज़े तक गया। झाँकने का छेद से देखा—लेकिन इस बार भी वहाँ कोई नहीं था।

अब मुझे यक़ीन हो गया कि कोई मज़ाक कर रहा है। मैंने तय किया कि इस बार उसे रंगे हाथों पकड़ूंगा। सोने वापस जाने के बजाय मैं दरवाज़े के पीछे खड़ा हो गया और झाँकने का छेद से बाहर एकटक देखने लगा।

सेकंड बीते... फिर मिनट... लेकिन हॉलवे पूरी तरह खाली और शांत रहा।

मैं लौटने ही वाला था कि अचानक सेंसर लाइटें फिर से जल उठीं... और डोरबेल फिर बज गई। मैं फौरन झाँकने का छेद से झाँका—लेकिन इस बार भी वहाँ कोई नहीं था।

बाहर का पूरा दृश्य साफ़ दिख रहा था—डोरबेल का बटन भी नज़र आ रहा था—लेकिन उसे दबाते हुए कोई नज़र नहीं आया।

उस रात जो डर मैंने महसूस किया, उसे मैं कभी नहीं भूल सकता। और तभी से मैंने खुद से एक कसम खा ली है—अब चाहे कुछ भी हो जाए, चाहे दरवाज़ा ही क्यों न टूट जाए—मैं आधी रात को उस दरवाज़े के पास कभी नहीं जाऊँगा।

•23•

सुबह की दौड़

सुबह की दौड़ जैसी ताजगी भरी शुरुआत शायद ही कुछ और हो सकती है—स्वास्थ्य और मूड दोनों के लिए फायदेमंद।

सैन्ड्रा हर सुबह पास के शांत पार्क में दौड़ने जाया करती थी। एक ठंडी, सुनहरी पतझड़ की सुबह, जब वह अपनी जानी-पहचानी पगडंडियों पर दौड़ रही थी, तो उसे हवा में बसी चीड़ के पेड़ों की खुशबू और चिड़ियों की चहचहाहट का आनंद मिल रहा था।

चूंकि उस दिन रविवार था और उसके पास ज़्यादा समय था, सैन्ड्रा ने सोचा क्यों न एक संकरी पगडंडी पर जाया जाए जो मुख्य ट्रैक से अलग थी। यह रास्ता कम परिचित और कुछ हद तक सुनसान था।

जैसे ही वह उस पगडंडी में थोड़ा और आगे बढ़ी, उसने जो देखा वह हिला देने वाला था।

गिरी हुई सूखी पत्तियों के बीच एक लाश पड़ी थी, और उसके चारों ओर मक्खियाँ भिनभिना रही थीं।

सैन्ड्रा सन्न रह गई। वह डर से कांपने लगी और एक झटके में अपनी नज़रें मोड़ लीं, ताकि वह भयावह दृश्य फिर न देखे।

कंपते हाथों से, उसने अपना फोन निकाला और पुलिस को कॉल किया, उसकी आवाज़ भय से थरथरा रही थी—

"हैलो? जंगल में एक लाश है!"

ऑपरेटर ने उसे आश्वासन दिया कि मदद रास्ते में है।

हिम्मत जुटाकर, सैन्ड्रा वापस उसी जगह पहुंची—लेकिन अब वहां कुछ भी नहीं था।

लाश गायब हो चुकी थी, मानो कभी वहां थी ही नहीं।

पहले तो सैन्ड्रा को शक हुआ कि शायद उसे भ्रम हुआ, या शायद वह गलत जगह देख रही थी... लेकिन ये दोनों ही बातें गलत थीं—क्योंकि जमीन पर खून के धब्बे अब भी मौजूद थे।

"यह कहां गया?" उसने घबराकर सोचा। उसके दिमाग में सिर्फ दो संभावनाएं थीं—या तो वह मरा हुआ इंसान उठकर खुद कहीं छिप गया, या फिर हत्यारा उसे उठा ले गया।

दोनों ही संभावनाएं डरावनी थीं... लेकिन सच्चाई क्या थी?

सच्चाई जानने में सैन्ड्रा को ज्यादा वक्त नहीं लगा—असल में, उसे उसी पल पता चल गया...

जब उसने पीछे मुड़कर देखा, तो वहां एक लंबा आदमी खड़ा था, जिसने चेहरे पर मास्क पहन रखा था, और वह पूरी ताकत से चाकू को उसकी ओर घुमा रहा था।

•24•

गेम शो

निकोलस अपनी अंधेरी और सुनसान बैठक में अकेला बैठा था, टीवी पर एक कम-प्रसिद्ध चैनल पर आने वाले गेम शो में पूरी तरह डूबा हुआ। इसका कॉन्सेप्ट बेहद साधारण था—जब संगीत बजे, प्रतिभागियों को पूरी तरह स्थिर रहना होता, और अगर कोई हिलता, तो काले कपड़े पहने एक डरावनी शक्ल वाला प्राणी प्रकट होकर उसे उठा लेता।

निकोलस को किसी चीज़ का जुनून जल्दी हो जाता था, इसलिए यह हैरानी की बात नहीं थी कि उसने इस शो का हर एपिसोड देखा था। उसे नियम ज़बानी याद थे, और वह इस बात पर गर्व करता था कि उसने एक बार भी खुद को हिलने नहीं दिया जब वह शो के साथ घर पर खेलता।

"मैं ये कर सकता हूँ," वह अक्सर खुद से कहता। "मैं असली कंटेस्टेंट्स से भी बेहतर हूँ।"

उसके सबसे करीबी दोस्त, जॉन और मार्टिन, अक्सर उसके इस जुनून की मज़ाक उड़ाते, लेकिन निकोलस को उनकी बातों से कोई फर्क नहीं पड़ता।

एक शाम, शो हमेशा की तरह शुरू हुआ। वही डरावना संगीत बजने लगा, और प्रतिभागी एक-एक करके जड़वत हो गए। निकोलस भी अपने पुराने फटे सोफ़े पर सांस रोके बैठा रहा, मानो वह भी उसी खेल का हिस्सा हो।

कुछ मिनट गुज़रे और तनाव बढ़ता गया। निकोलस पूरी तरह स्थिर रहा, टेलीविज़न की स्क्रीन पर टकटकी लगाए। लेकिन फिर उसके शरीर

में एक बेचैनी सी उठी। काफी देर तक न हिलने से उसकी मांसपेशियाँ अकड़ने लगी थीं।

"बस हल्का सा खिंचाव," उसने सोचा। "मैं फिर भी जीत जाऊँगा।"

संगीत अब भी चल रहा था, और जैसे ही उसने सिर हल्का सा मोड़ा, वह जड़वत रह गया।

उसकी आँख के कोने से, उसे कुछ दिखाई दिया—वही भयानक प्राणी, जो शो में प्रतिभागियों को उठाकर ले जाता था, अब उसके पास खड़ा था, काले कपड़ों में, लंबा और डरावना।

निकोलस की रूह काँप गई। उसे अब एहसास हुआ कि इस गेम शो की डरावनी बात सिर्फ टीवी तक सीमित नहीं थी—जैसे वह अब यथार्थ बन रही हो।

वह भय और अविश्वास से भर गया। यह कैसे संभव था? क्या वह सपना देख रहा था? क्या फिक्शन और रियलिटी के बीच की रेखा मिट चुकी थी?

अगली सुबह, जॉन और मार्टिन, जो निकोलस से संपर्क न हो पाने के कारण चिंतित थे, उसके अपार्टमेंट पहुंचे। दरवाज़ा खटखटाया, नाम पुकारा, लेकिन कोई जवाब नहीं आया। चिंता बढ़ने पर, वे दरवाज़ा तोड़कर अंदर घुसे।

टीवी अब भी चालू था—लेकिन निकोलस वहाँ नहीं था।

पुलिस को बुलाया गया, और एक जांच शुरू हुई। लेकिन मामला जल्द ही ठंडा पड़ गया, क्योंकि निकोलस के गायब होने का कोई सुराग नहीं मिला—ना खून, ना संघर्ष, ना कोई निशान।

•25•

अंतिम संस्कार में आया मेहमान

यह छोटा ल्यूक का पहला अंतिम संस्कार था। उसने उस मरने वाले को कभी नहीं देखा था। वह तो बस अपनी माँ के साथ चला आया था।

दिन ग़मगीन माहौल के लिए कुछ ज़्यादा ही उजला था—बादलों के बीच से तेज़ धूप निकल रही थी और अपनी किरने पूरे समूह पर बरसा रही थी। ल्यूक और उसकी माँ देर से पहुँचे, क्योंकि ल्यूक ज़िद कर रहा था, और अब दोनों भीड़ में शामिल होने के लिए जल्दी-जल्दी चल रहे थे।

चलते हुए, ल्यूक ने आसपास के लोगों की फुसफुसाहटें सुनीं। मरने वाले के बारे में लोग श्रद्धा से बात कर रहे थे। "उसका कोई भाई-बहन नहीं था," एक महिला ज़ोर से बोली, "पर उसने हमेशा सबका ख़्याल अपने परिवार की तरह रखा। जिस किसी को ज़रूरत थी, मदद करता था। मैं कभी नहीं भूलूंगी कि उसने मेरे लिए क्या-क्या किया।"

गंभीर माहौल से ऊबकर, ल्यूक इधर-उधर देखने लगा।

“मम्मी! देखो उस दादी की नाक कितनी बड़ी है!” ल्यूक ने धीमे से कहा।

“चुप! कितना बदतमीज़ी है ये!” उसकी माँ ने डांटा।

ल्यूक चुपचाप चलता रहा, पर उसकी आँखें अब भी जिज्ञासा से घूम रही थीं। थोड़ी ही देर में उसकी नजर एक आदमी पर पड़ी—एक गहरे रंग का सूट पहने, लम्बी सफेद दाढ़ी वाला व्यक्ति, जो उनके पीछे-पीछे चल रहा था। उसका चेहरा बहुत पीला था, और उसकी नजरें क्षितिज पर जमी थीं—बिल्कुल हिली नहीं।

ल्यूक फिर से चुप न रह सका। उसने माँ की आस्तीन खींची और फुसफुसाया, "मम्मी! वो दाढ़ी वाला अंकल अजीब लग रहा है। उसका चेहरा ऐसा क्यों है?"

"ल्यूक! ये आख़िरी चेतावनी है। अगर किसी की शक्ल पर टिप्पणी की, तो तुम्हें वो रोबोट खिलौना नहीं मिलेगा!"

"ठीक है..." ल्यूक बड़बड़ाया।

"अंतिम संस्कार में कोई अच्छा नहीं दिखता, इसलिए लोगों को घूरना बंद करो," माँ ने सख्ती से कहा और उसे छोटे से चर्च के अंदर ले गई, जहाँ गहरी शांति छाई हुई थी।

चैपल सफेद फूलों और हल्की झिलमिलाती मोमबत्तियों से सजा था—वातावरण शोक में डूबा हुआ था, लेकिन शांति से भरा भी। सबके बैठते ही पूजा शुरू हुई।

पूजा शांति से चल रही थी, तभी अचानक ल्यूक ज़ोर-ज़ोर से रोने लगा, जिससे पूरे हाल का ध्यान उसकी ओर चला गया।

माँ हड़बड़ा गई और उसे चुप कराने की कोशिश करने लगी।

"क्या हुआ? क्या बात है तुम्हें?"

"मम्मी! वो फोटो वाला बूढ़ा अंकल..."

ल्यूक रोते हुए ताबूत के पास रखी बड़ी तस्वीर की ओर इशारा करने लगा,

"वही तो हमारे पीछे चल रहा था, लंबी सफेद दाढ़ी वाला अंकल!"

माँ हकबका गई।

उसने कई बार पलकें झपकाईं, फिर ल्यूक को शांत करने लगी,

"अरे नहीं बेटा, तुमने किसी और को देखा होगा। वो यहीं कहीं बैठा होगा। चलो ढूंढ़ते हैं।"

पर ल्यूक चुप नहीं हुआ।

आख़िरकार माँ ने खुद भी चारों ओर देखा—पर कमरे में लंबी सफेद दाढ़ी वाला एक ही व्यक्ति मौजूद था...

तस्वीर में।

•26•

मज़ा आ रहा है

रविवार की रातों की सैर मेरी सबसे पसंदीदा होती हैं—हर बार मुझे ज़बरदस्त मज़ा आता है।

पिछले रविवार मैंने हाल ही में खुला एक नया कैसीनो देखने का फैसला किया, जो मेरे घर से सिर्फ़ पाँच मील दूर था। हालाँकि ज़रूरत नहीं थी, फिर भी मैंने अपना सबसे अच्छा सूट पहना, बालों में जेल लगाया और पूरी तरह से मौज करने के मूड में निकल पड़ा।

भले ही मैं उस चमचमाते कैसीनो को लेकर बहुत उत्साहित था, लेकिन मेरा वहाँ देर तक रुकने का कोई इरादा नहीं था। मुझे पता है कि कब रुकना है, और मैं जानता हूँ कि अगर ज़रूरत से ज़्यादा समय वहाँ बिताया, तो वही मौज-मस्ती मुसीबत बन सकती है।

जब मुझे लगा कि बस अब बहुत हो गया, तो मैंने समझदारी से वहाँ से निकलने का फैसला किया। मैं लिफ़्ट का शौकीन नहीं हूँ, इसलिए मैंने 11वीं मंज़िल से सीढ़ियों से नीचे जाने का विकल्प चुना।

मैं शांति से उतर रहा था, तभी एक औरत चमचमाती पोशाक में मेरे पास से दौड़ती हुई गुज़री। उसका चेहरा एकदम सफेद था, जैसे किसी कागज़ की तरह।

मैंने शिष्टाचारवश पूछा, "क्या हुआ?"

उसने घबराई हुई आवाज़ में जवाब दिया, "इस बिल्डिंग में कोई हत्यारा है!"

यह सुनकर मेरी सांसें थम-सी गईं। मैंने उसे शांत करने के लिए कहा, "क्या तुम पूरी तरह से पक्की हो? गहरी साँस लो और मुझे ठीक से बताओ कि तुमने क्या देखा।"

"मैं तो शॉक में थी, ज़्यादा कुछ साफ़-साफ़ नहीं देख पाई। पर मैंने हत्यारे को पीछे से देखा था, और उसकी कलाई पर एक टैटू देखा—एक तारे के अंदर एक आँख।"

"तारे में आँख? ऐसा?" मैंने मुस्कुराते हुए अपनी कलाई पर बना टैटू दिखाया।

जैसे ही उसकी आँखें डर से फैल गईं, मैंने हल्की-सी हँसी हँसी और अपनी बाएँ जेब से एक चमकदार चाकू निकाला। उसका चेहरा देखकर जो सिहरन मेरे शरीर में दौड़ी—वाह, वही तो असली मज़ा है।

हाँ, डर से भरे चेहरे देखना... यही तो मेरी रविवार की रातों का सबसे मनोरंजक हिस्सा है।

•27•

एक अतिरिक्त बच्ची

यह एक बिलकुल सामान्य रविवार था। डीन अपने लिविंग रूम में बैठा, बड़े मनोयोग से कागज़ पर क्रेयॉन से चित्र बना रहा था। उसकी माँ, जेसिका, जो अभी-अभी एक होम डेकोर मैगज़ीन पढ़ चुकी थी, बेटे के कंधे के पास झुककर पूछी:

"क्या बना रहे हो?"

डीन ने चमकती आँखों से ऊपर देखा और गर्व से जवाब दिया,

"मैं हमारा घर बना रहा हूँ, मम्मी।"

जेसिका ने उसके चित्र पर नज़र डाली। डीन ने उसमें अपने परिवार को चित्रित किया था—खुद को, अपनी माँ को और अपने पापा को। लेकिन उनके साथ एक और लड़की का चित्र भी था।

जेसिका ने भौंहें चढ़ाते हुए पूछा,

"ये कौन है? क्या ये तुम्हारी गर्लफ्रेंड है?"

डीन ने सिर हिलाया।

"नहीं मम्मी, ये मेरी दोस्त है—लूसी।"

जेसिका ने कंधे उचकाए और कहा,

"ठीक है।"

वह डीन के बगल में बैठ गई और उसे लूसी को उनके घर में खेलते हुए चित्रित करते देखती रही।

यह एक नियमित आदत बन गई। हर बार जब जेसिका डीन के चित्र देखती, तो चिढ़ाते हुए पूछती,

"लूसी तुम्हारी गर्लफ्रेंड है क्या?"

हर बार डीन दृढ़ता से कहता,

"नहीं मम्मी!"

एक शाम खाने के दौरान, जेसिका ने अंततः पूछा:

"डीन, तुम हर बार लूसी को हमारे घर क्यों बनाते हो?"

डीन ने थाली से ऊपर देखा और जवाब दिया:

"क्योंकि वो यहीं रहती है।"

जेसिका चौंकी।

"नहीं बेटा, लूसी का भी कोई घर होगा। वो यहाँ नहीं रहती।"

डीन ने ज़ोर देते हुए कहा:

"नहीं मम्मी, वो यहीं रहती है।"

जेसिका ने गहराई से पूछना शुरू किया:

"ठीक है, तो अभी वो कहाँ है?"

"वो सो रही है।"

"कहाँ सो रही है?"

डीन ने बहुत सहजता से अपनी पीठ के पीछे दीवार की ओर इशारा करते हुए कहा:

"उस दीवार के अंदर।"

जेसिका और भी उलझ गई।

"दीवार के अंदर क्या कर रही है?"

डीन ने एक कौर चबाते हुए जवाब दिया:

"उसकी सौतेली माँ ने उसे मार डाला और वहाँ छुपा दिया।"

जेसिका स्तब्ध रह गई। उसे यह अजीब कल्पना लगी, लेकिन मन में हल्का डर भी बैठ गया।

बाद में जब डीन फिर से चित्र बनाने बैठा, तो जेसिका ने उसके क्रेयॉन ले लिए और कहा:

"आज के लिए बस! अब और नहीं। जाओ, टीवी पर कार्टून देखो, वरना तुम सचमुच ऐसी बातें मानने लगोगे।"

डीन ने धीरे से कहा:

"लूसी दुखी है। उसे लगा कि आप नाराज़ हैं क्योंकि उसने आपको हैलो नहीं कहा। पर उसने कहा कि कोई बात नहीं, वो आपको सपने में हेलो कहेगी।"

"बस बेटा, अब जाओ और कार्टून देखो," जेसिका ने कहा, डर को नज़रअंदाज़ करने की कोशिश करते हुए।

उस रात, जेसिका झटके से जाग गई, पसीने में भीगी हुई। उसने एक सपना देखा था—एक कमज़ोर सी लड़की, जो दीवार से बाहर निकल रही थी, और कह रही थी,

"हाय, मैं लूसी हूँ।"

वो सपना इतना असली लगा कि लाख कोशिश के बावजूद, जेसिका उस भावना से नहीं उबर पाई कि ये कोई संकेत था, शायद कुछ अलौकिक।

नींद रहित रात बिताने के बाद, उसने अपने पति से कहा कि उन्हें दीवार तोड़नी चाहिए।

"थोड़ी और जगह चाहिए"—ऐसा बहाना बनाकर उसने बात मनवाई।

उसी दिन, उन्होंने दीवार तोड़नी शुरू की—और जैसे ही वे आधे रास्ते पहुँचे, उन्होंने एक चौंका देने वाली खोज की:

एक छोटी बच्ची के कंकाल के अवशेष वहाँ छुपाए हुए थे।

•28•

अकेले घर में

सरीना फिलिप्स, ओक्लाहोमा की 15 वर्षीय लड़की, कभी भी घर में अकेले रहना पसंद नहीं करती थी। कुछ घंटों के लिए भी अगर वह अकेली रह जाती, तो डर से उसका बुरा हाल हो जाता। और अब उसे कुछ दिनों के लिए अकेले रहना था, क्योंकि उसके माता-पिता को मैसाचुसेट्स में एक व्यवसायिक यात्रा पर जाना था।

सरीना ने पहले तो साफ़ मना कर दिया, लेकिन और कोई विकल्प न देखकर, उसके माता-पिता ने उसे समझा-बुझाकर मना लिया।

"सब कुछ ठीक रहेगा। सभी दरवाज़े और खिड़कियाँ बंद करके रखना, और ज़रूरत हो तो हमें फ़ोन करना," उसकी माँ ने उसे आश्वस्त करते हुए कहा।

सरीना का डर यूँ ही नहीं था। कुछ साल पहले तक वह भी आराम से घर में अकेली रह लेती थी। 9 साल की उम्र में, जब वह पहली बार अकेले घर में रह रही थी, उसे बहुत रोमांच हो रहा था। लेकिन वह उत्साह जल्द ही भयावह अनुभव में बदल गया, जब उसने अपने बिस्तर के नीचे एक अधेड़ उम्र के अनजान आदमी को छुपे हुए पाया।

सौभाग्यवश, पड़ोस की एक बुजुर्ग महिला उसे देखने आ गईं। सरीना की चीख सुनकर उन्होंने तुरंत पुलिस को बुलाया, और वह आदमी पकड़ा गया।

अब, वर्षों बाद, एक बार फिर वह घर में अकेली थी—और डर से जूझ रही थी। डर को भुलाने के लिए, सरीना ने अपना पसंदीदा टीवी ड्रामा

लगा लिया। वह पूरी तरह उसमें डूब गई थी कि तभी टीवी स्क्रीन पर अचानक ब्रेकिंग न्यूज़ फ्लैश हुई:

"ब्रेकिंग न्यूज़! एक खतरनाक क़ैदी जेल से फरार हो गया है। आठ लोगों की हत्या का दोषी यह अपराधी फिलहाल फरार है। उसका नाम है वेन मॉर्टन, उम्र 52, उपनाम 'साइलेंट गेस्ट।'"

टीवी पर उसकी मगशॉट (कैदी की तस्वीर) दिखी—सरीना की सांसें थम गईं। यह वही आदमी था जो सालों पहले उसके बिस्तर के नीचे छुपा था।

"यदि आप ओक्लाहोमा में रहते हैं, तो सावधानी बरतें। इस व्यक्ति को देखकर तुरंत पुलिस को सूचित करें," न्यूज़ एंकर ने कहा।

सरीना का दिल ज़ोर-ज़ोर से धड़कने लगा। अब हर परछाईं, हर आवाज़ उसे उसी हत्यारे की आहट लगने लगी। डर से कांपती हुई उसने पूरे घर की खिड़कियाँ और दरवाज़े बंद कर दिए, और कुछ के सामने तो फर्नीचर तक खिसकादिया। बाथरूम में, उसने नहाने वाले टब के ऊपर लगे छोटे से झरोखे को भी अच्छी तरह बंद कर दिया।

अगले दिन, वह स्कूल नहीं जा पाई। पूरा दिन वह घर में परेशान और चौकन्नी होकर टहलती रही, हर आवाज़ पर चौंकती रही।

डर बढ़ता गया, और उसने अपने माता-पिता को फ़ोन करके रोते हुए वापस लौटने की गुहार लगाई।

"हम कोशिश करेंगे कि कल शाम तक घर आ जाएँ," उसके पिता ने भरोसा दिलाया।

उसी शाम, जब वह शावर लेने गई, और पर्दा हटाकर पानी में कदम रखा, उसे ऐसा महसूस हुआ मानो कोई झरोखे से उसे घूर रहा हो।

घबराकर उसने गीला तौलिया उठाया और झरोखे को ढँक दिया।

"अब मैं पूरी तरह सुरक्षित हूँ," उसने खुद से फुसफुसाते हुए कहा और नहाना जारी रखा।

लेकिन तभी, एक भारी और खुरदुरी आवाज़ ने उसकी रीढ़ में सिहरन दौड़ा दी:

"मैं अभी भी तुम्हें देख सकता हूँ।"

अगले दिन दोपहर को मिस्टर और मिसेज़ फिलिप्स घर लौटे। सरीना का फ़ोन सोफ़े पर पड़ा था, और दरवाज़ों के आगे अब भी फर्नीचर अड़ा हुआ था। उन्होंने बेटी को आवाज़ दी, लेकिन कोई उत्तर नहीं मिला।

घर की तलाशी लेने के बाद, उन्हें सरीना बाथरूम में मृत पड़ी मिली—उसके शरीर पर कई चाकू के निशान थे और उसके चेहरे पर जम चुका आतंक।

झरोखा अब खुला हुआ था, और तौलिया नीचे फर्श पर पड़ा था।

•29•

यह कौन है?

जिस कहानी को मैं आपको बताने जा रहा हूँ, वह मेरे जन्मदिन पर घटी थी। उस साल मैंने अपनी गर्मियों की छुट्टियाँ अपने दादा के गाँव में बिताने का फैसला किया था। जैसे ही मैं वहाँ पहुँचा, दादाजी ने ज़िद पकड़ ली कि उन्हें एक पुरानी ब्रांड की शराब चाहिए।

तो, मेरे जन्मदिन के दिन, हम वह खास बोतल खोजने के लिए बाजारों की ओर निकल पड़े। पर कई स्थानीय बाजारों में खोजने के बावजूद, हमें वह पेय नहीं मिला।

आख़िरकार, हम एक आस-पास के बड़े गाँव के बाजार में पहुँच गए, यह सोचकर कि शायद वहाँ किस्मत साथ दे दे। वहाँ पहुंचकर देखा कि हर काउंटर पर भीड़ लंबी-लंबी कतारों में खड़ी थी। दादाजी ने मुझसे कहा कि मैं बाहर ही इंतज़ार करूँ, और वो अंदर जाकर शराब ढूंढेंगे।

मैं बाहर धूप में खड़ा होकर इंतज़ार करता रहा, पर दादाजी काफी देर तक नहीं लौटे। सूरज ढलने लगा था, जब आख़िरकार वो बाहर आए।

उनके चेहरे पर काले रंग का नया चश्मा था और रंग कुछ असामान्य रूप से फीका लग रहा था। मैंने तुरंत गौर किया और पूछा, "मिली क्या बोतल?"

दादाजी ने सिर हिलाकर ना में जवाब दिया, लेकिन एक शब्द भी नहीं बोले। मुझे थोड़ा अजीब लगा, पर हम उनके पुराने जीप की ओर चल पड़े।

चलते वक्त मुझे कुछ और अजीब महसूस हुआ—उनका चलना। मेरे दादा भले ही सत्तर से ऊपर थे, लेकिन हमेशा चुस्त-दुरुस्त और फुर्तीले रहते थे। लेकिन अब उनका चाल-चलन जैसे लंगड़ाने सा लग रहा था।

मैंने चिंतित होकर पूछा, “दादाजी, आप ठीक से चल नहीं रहे। सब ठीक है ना?”

पर उन्होंने कोई जवाब नहीं दिया।

मेरी बेचैनी बढ़ गई। मैंने उनका चश्मा उतारने के लिए हाथ बढ़ाया—और उस पल मेरी रूह काँप गई।

जहाँ मुझे दादाजी की जानी-पहचानी भूरी आँखें दिखनी चाहिए थीं, वहाँ थीं ठंडी, अपरिचित हरी आँखें। लेकिन बस यही नहीं—उनकी आँखों के चारों ओर की त्वचा भी कुछ अलग सी, अजीब और अजनबी सी लग रही थी। तभी मुझे एहसास हुआ कि मेरे सामने जो खड़ा है, वो मेरे दादा नहीं हैं—बल्कि कोई और प्राणी है जिसने उनका शरीर अपने क़ब्ज़े में ले लिया है।

मैं घबराकर दौड़ पड़ा—बिना पीछे देखे। मुझे याद है मैं पुराने गिरजाघर के सामने से गुज़रा, और फिर जाकर गाँव के चौराहे पर रुका।

मेरा मन उथल-पुथल में था। समझ ही नहीं आ रहा था कि जो कुछ हुआ, वो सच था या कोई भ्रम। एक पल को तो मुझे लगा शायद यह सब मेरे दिमाग की कल्पना थी।

पर थोड़ी हिम्मत जुटाकर मैं वापस बाजार की ओर लौटा।

लेकिन वहाँ पहुंचने पर दादाजी कहीं नहीं मिले। मैंने कई बार उनका नाम पुकारा, पूरे बाजार में ढूंढा, हर ओर देखा—पर कोई जवाब नहीं मिला।

आख़िरकार, मैं डर और हताशा में स्थानीय थाने पहुँचा और उनकी गुमशुदगी की रिपोर्ट दर्ज कराई।

पुलिस ने पूरी कोशिश की, आस-पास की छानबीन की, लेकिन दादाजी का कोई सुराग नहीं मिला। गाँव के लोग तरह-तरह की कयासबाज़ियाँ करने लगे, पर किसी के पास कोई ठोस जवाब नहीं था।

आज तक, दादाजी कहाँ गए, यह एक राज़ बना हुआ है।

और आज भी, हर दिन, ये याद मेरे ज़ेहन में जिंदा है—एक ऐसी याद जो मुझे कभी चैन नहीं लेने देती।

•30•

नमस्ते, पापा

मैं पूरी तरह थक चुका हूँ। कंपनी के लिए एक अच्छा सौदा तय करने के बाद मेरी बिज़नेस ट्रिप आखिरकार खत्म हुई, और अब मैं घर लौट रहा हूँ—बहुत ज़रूरी आराम के लिए। इस हफ्ते मेरी सैलरी तो बढ़नी ही चाहिए।

रात के तीन बजने वाले हैं, और मैं अपनी गाड़ी अपने ड्राइववे में पार्क कर रहा हूँ। घर की सारी बत्तियाँ बुझी हुई हैं। भगवान करे मेरी प्यारी बेटी इस वक्त लिविंग रूम में न बैठी हो। हर बार ऐसा ही होता है, और अब तो मैं इससे तंग आ चुका हूँ। मैंने गिनती तक खो दी है कि कितनी बार मैं आधी रात को घर लौटा हूँ और देखा है कि मेरी बेटी वहाँ बैठी मेरी राह देख रही है। और जैसा कि मैंने कहा, रात के तीन बजने वाले हैं, और मैं अब और थकावट नहीं झेल सकता।

मैं कार में कुछ पल के लिए पीछे टेक लगाकर बैठ जाता हूँ, फिर भारी मन से बाहर निकलता हूँ और अपने भारी-भरकम ब्रीफ़केस को घसीटते हुए सीढ़ियाँ चढ़ता हूँ।

ताले में चाबी घुमाने पर एक क्लिक की आवाज़ आती है, और दरवाज़ा चरमराता हुआ खुलता है।

मैं अंदर कदम रखता हूँ—घर के अंधेरे लिविंग रूम में, और चारों ओर देखने की कोशिश करता हूँ, अपनी आँखों को अंधेरे के हिसाब से ढालते हुए। करीब एक मिनट बाद, मेरी नज़रें साफ़ होने लगती हैं... और फिर...

हे भगवान।

वह फिर से यहीं है—मेरी बेटी, सोफ़े पर बैठी है, अपनी चौड़ी मुस्कान के साथ मेरा स्वागत कर रही है।

अब और बर्दाश्त नहीं होता... मुझे जल्द से जल्द उस दरिंदे को पकड़ना होगा, जो बार-बार मेरी बेटी की लाश को ताबूत से निकालकर उसे लिविंग रूम के सोफ़े पर बैठा जाता है।

•31•

वेबकैम वायरस

स्कूल से लौटने के बाद एक दिन डैरेल पढ़ाई करने की बजाय इंटरनेट पर यूँ ही समय बर्बाद कर रहा था। वह सोशल मीडिया पर खबरें स्क्रॉल कर रहा था कि तभी उसकी नज़र एक लिंक पर पड़ी। बिना ज़्यादा सोचे-समझे उसने उस पर क्लिक कर दिया।

एक वीडियो खुला जिसमें एक युवक—लगभग बीस के दशक में—अपने बिखरे हुए कमरे से लाइव स्ट्रीम कर रहा था।

डैरेल थोड़ी देर तक स्क्रीन देखता रहा, सोचते हुए कि शायद कुछ मज़ेदार होगा। लेकिन फिर अचानक, स्क्रीन पर नकाबपोश लोगों का एक गिरोह दिखाई दिया, जिन्होंने उस युवक पर बर्बर हमला कर दिया।

देखते ही देखते दृश्य खून-खराबे में बदल गया। वे लोग युवक को बुरी तरह पीटने लगे और फिर उसका सिर धड़ से अलग कर दिया। यह सब इतना वास्तविक और भयानक लग रहा था कि डैरेल को उल्टी जैसा महसूस हुआ। उसने घबराकर तुरंत ब्राउज़र बंद कर दिया।

उसे लगा कि ब्राउज़र बंद करने से सब कुछ खत्म हो गया। लेकिन जैसे ही उसने इंटरनेट दोबारा खोला, एक और खौफनाक और हिंसक वीडियो उसकी स्क्रीन पर आ गया।

डैरेल ने कंप्यूटर को रीस्टार्ट किया, ब्राउज़र बदला—हर तरकीब आज़माई, लेकिन कुछ भी असर नहीं हुआ। इंटरनेट खोलते ही हर बार एक नया भयावह दृश्य सामने आ जाता।

वह अनुभव इतना परेशान करने वाला था कि डैरेल ने कुछ दिनों के लिए इंटरनेट से दूरी बना ली। लेकिन फिर एक दिन स्कूल के एक ज़रूरी

प्रोजेक्ट के कारण उसे दोबारा इंटरनेट का इस्तेमाल करना पड़ा। कंप्यूटर ऑन करते हुए उसके हाथ कांप रहे थे। जैसे ही वह कनेक्ट हुआ, वही खौफनाक वीडियो दोबारा चल पड़ा।

समस्या अब एक पैटर्न बन चुकी थी—हर बार इंटरनेट खोलते ही किसी न किसी की जान ली जाती हुई वीडियो दिखाई देती।

डैरेल ने हार नहीं मानी। उसने अपना लैपटॉप पूरी तरह से रीसेट किया, नया एंटीवायरस इंस्टॉल किया, और अपने टेक्नोलॉजी में माहिर दोस्त नेट से मदद ली। नेट ने घंटों सिस्टम को खंगाला। तमाम कोशिशों के बाद, उन्हें लगा कि अब वायरस खत्म हो गया है।

राहत की सांस लेते हुए डैरेल उस रात सो गया, भरोसे के साथ कि अब सब ठीक हो जाएगा।

अगली सुबह, वह टेस्ट के लिए कंप्यूटर ऑन करता है, और इंटरनेट से कनेक्ट होते ही स्क्रीन पर फिर से एक लाइव स्ट्रीम खुल जाती है।

लेकिन इस बार कुछ अलग था।

डैरेल की रगों में खून जम गया जब उसने देखा कि लाइव वीडियो किसी और का नहीं, उसी का था—वह खुद अपने डेस्क पर बैठा था, आँखें फटी की फटी, उसी स्क्रीन को घूरता हुआ।

•32•

उदात्त निर्णय

एक धुंधली शुक्रवार की दोपहर, थॉमस मरे, जो एक युवा बिज़नेस छात्र था, अपने करीबी दोस्त मार्गरिट से उस आरामदायक बुक कैफ़े में मिला, जहाँ वे अक्सर जाया करते थे।

"कैसे हो?" मार्गरिट ने चिंता भरे स्वर में पूछा।

"मज़बूत बनने की कोशिश कर रहा हूँ।"

"मिस्टर मरे एक अद्भुत इंसान थे। मुझे यकीन है कि अब वो एक बेहतर जगह पर हैं। मैंने किसी को इतना उदार कभी नहीं देखा। वो हमेशा एक सम्मानित परोपकारी के रूप में याद रखे जाएँगे। मुझे पता है कि तुम उन्हें बहुत याद करते हो, लेकिन शायद इस बात से थोड़ी तसल्ली मिले कि जिन लोगों की उन्होंने मदद की, वे हमेशा तुम्हें याद दिलाएँगे कि तुम्हें उन पर कितना गर्व होना चाहिए। शायद एक दिन तुम भी उनकी आत्मा को गर्व महसूस करा सको।"

"उन्हें गर्व महसूस कराऊँ?" थॉमस ने हिचकिचाते हुए कहा। "मुझे नहीं लगता..."

"कुछ हुआ है क्या?" मार्गरिट ने उत्सुकता से पूछा।

"असल में, हाँ।" थॉमस ने गहरी साँस ली। "पापा ने एक वसीयत छोड़ी थी। जैसा कि उम्मीद थी, उन्होंने अपनी सारी संपत्ति मेरे नाम कर दी। लेकिन उसमें एक शर्त थी — मुझे उस संपत्ति का आधा हिस्सा ग़रीबों को दान करना था। और ये तय किया गया था कि दान कैसे और किन लोगों को दिया जाए, इसका निर्णय मुझे ही लेना होगा।"

“समझ सकती हूँ, ये बात तुम्हारे मन पर भारी होगी,” मागरिट ने दिलासा दिया।

थॉमस ने आगे कहा, “शुरुआत में मैंने उनकी इच्छा मानने का ही सोचा था। लेकिन कुछ सोचने के बाद मेरा मन बदल गया। उन्होंने पूरी ज़िंदगी इस संपत्ति को इकट्ठा करने में लगा दी — हमेशा व्यस्त रहते थे, मेरे बचपन में कभी मेरे साथ वक़्त नहीं बिताया। और जिन्हें मैं ये सब देने वाला था, उन्होंने इसके लिए कुछ भी नहीं किया था। अब जब ये सब कुछ मेरा था... क्या मुझे इसका इस्तेमाल अपनी मर्ज़ी से करने का हक़ नहीं था?”

मागरिट ने चुपचाप उसकी बातें सुनीं, उसकी आँखों में गहराई और समझ झलक रही थी। “फिर क्या हुआ?” उसने धीरे से पूछा।

थॉमस ने एक लंबी साँस ली। “जब वकील आया, मैंने उसे अपना फ़ैसला बता दिया। वो हैरान तो हुआ, लेकिन उसने मेरे निर्णय का सम्मान किया।”

“तो तुमने सारी संपत्ति अपने पास रख ली।”

“उसी शाम, मैं पापा के स्टडी रूम में गया। उनकी पसंदीदा कुर्सी पर बैठा। जैसे ही बैठा, मुझे ऐसा महसूस हुआ जैसे उनकी आत्मा वहीं मौजूद है। कमरे की हवा अचानक इतनी भारी हो गई कि साँस लेना मुश्किल लगने लगा। और मैंने ज़ोर से कहा, ‘माफ़ करना, पापा... लेकिन मुझे लगता है यही सही है।’”

थॉमस कुछ देर चुप रहा, फिर पानी की एक घूँट ली और बोला, “इतना कहने के बाद जब मैंने ऊपर दीवार पर टँगी उनकी तस्वीर की ओर देखा... तो जो देखा, उसे मैं कभी नहीं भूल पाऊँगा। आमतौर पर उस तस्वीर में उनका चेहरा शांत और सपाट रहता था, लेकिन उस पल...

उनका चेहरा विकृत था, जैसे भयंकर गुस्से में हों। उनके हाव-भाव इतने डरावने थे कि मैं काँप गया। ऐसा लगा जैसे उनकी आँखें मेरी आत्मा को चीर रही हों।"

मागरिट एकदम शांत हो गई, जैसे उसके पास कहने को कुछ नहीं था।

"मैं ज़िंदगी में कभी इतना नहीं डरा," थॉमस ने बात समाप्त की — और फिर खुद को थोड़ा सँभालने के लिए एक ग्लास स्कॉच मँगवा लिया।

•33•

चीख़

हेनरी कॉर्नेल, तीस के दशक में एक इंजीनियर, के पास वह सब कुछ था जो कोई भी चाह सकता है—एक सफल करियर, सुंदर दो-मंज़िला घर, शानदार कार, और एक प्यारा-सा परिवार: उसकी पत्नी सोफिया और उनका चार साल का बेटा शॉन।

कॉर्नेल परिवार की ज़िंदगी अच्छी चल रही थी, और हेनरी अपने काम में तरक्की कर रहा था। लेकिन हालात तब अजीब हो गए जब उन्होंने शॉन को अपना अलग कमरा दे दिया।अब तक शॉन उनके कमरे में पालने में सोया करता था, लेकिन अब हेनरी और सोफिया ने तय किया कि शॉन को अपनी खुद की जगह मिलनी चाहिए। उन्होंने एक छोटा-सा कमरा रंग-बिरंगे रंगों से सजाया, उसमें दराज़, अलमारियाँ, और कार के आकार वाला बिस्तर रखा, जिस पर नए खिलौने भी रखे गए।

पहली ही रात जब शॉन अपने नए कमरे में सोया, तो हेनरी और सोफिया की नींद एक तेज़ चीख़ और फिर ज़ोर-ज़ोर से रोने की आवाज़ से टूट गई। दोनों दौड़कर शॉन के कमरे में पहुँचे, जहाँ उन्होंने अपने बेटे को बिस्तर पर बैठा पाया—बिलकुल डरा हुआ और ज़ोर-ज़ोर से रोता हुआ।

उन्होंने उसे चुप कराने की कोशिश की, लेकिन जब उससे पूछा कि उसने क्या सपना देखा, तो शॉन ने सिर हिलाते हुए कुछ भी बताने से इनकार कर दिया। वह बता ही नहीं पाया कि उसने ऐसा क्या देखा जिससे वह इतना डर गया था।

यह सिलसिला रोज़ का बन गया।हर रात, शॉन के रोने और एक ज़ोरदार चीख़ की आवाज़ से हेनरी और सोफिया की नींद टूट जाती थी।

हेनरी और सोफिया बारी-बारी से उसे शांत करने की कोशिश करते, लेकिन चाहे वे कुछ भी करें, हर रात वही डरावना पैटर्न दोहराता।

इसका असर हेनरी के काम पर भी पड़ने लगा। उसका एक बेहद अहम प्रेज़ेंटेशन आने वाला था—एक ऐसा मौका जो उसके करियर का भविष्य तय कर सकता था। लेकिन नींद की कमी उसकी परफॉर्मेंस पर असर डाल रही थी।

आख़िरकार, हेनरी ने सुझाव दिया कि सोफिया कुछ दिनों के लिए शॉन को लेकर अपने माता-पिता के घर चली जाए। उसे उम्मीद थी कि माहौल बदलने से शॉन को राहत मिलेगी, और इस बीच वह भी कुछ नींद ले सकेगा और अपने काम पर ध्यान दे सकेगा।

सोफिया मान गई, और अगली सुबह उसने अपने और शॉन के लिए सामान पैक किया। हेनरी ने उन्हें प्यार से विदा किया और वादा किया कि वह हर शाम कॉल करेगा।

उस रात, घर की शांति हेनरी को बहुत सुकून दे रही थी। उसने देर रात तक काम किया और अपने प्रेज़ेंटेशन में अच्छा खासा सुधार किया। रात करीब बारह बजे, उसने एक छोटा ब्रेक लेने का फैसला किया और सोफिया को कॉल किया।

"शॉन बिलकुल ठीक है," सोफिया ने कहा। "आज रात पूरी तरह शांत रहा। न कोई चीख़, न कोई रोना।"

हेनरी को जैसे कंधों से कोई बोझ उतर गया।

"ये तो बड़ी राहत की बात है," उसने जवाब दिया। "तुम कैसी हो?"

सोफिया ने हल्के से हँसते हुए कहा, "तुम्हारी याद आ रही है, लेकिन मम्मी-पापा के पास रहना अच्छा लग रहा है। तुम्हारा काम कैसा चल रहा है?"

हेनरी कुछ कहने ही वाला था कि तभी उसके हाथ से फ़ोन छूटकर ज़मीन पर गिर पड़ा...

क्योंकि उसी वक़्त शॉन के कमरे से वही कलेजा चीर देने वाली चीख़ फिर से गूंजी—वही चीख़ जो हर रात उसे नींद से जगा देती थी।

पढ़ने के लिए धन्यवाद!
क्या आपने मेरी सलाह को ध्यान में रखा? मुझे उम्मीद है कि आपने ऐसा किया होगा।
साथ ही, मुझे आशा है कि आपको ये डरावनी लघु कहानियाँ पसंद आई होंगी। अगर हाँ, तो तैयार रहिए—भाग 3 जल्द ही आ रहा है!

www.ingramcontent.com/pod-product-compliance
Lightning Source LLC
La Vergne TN
LVHW090427210926
848480LV00002B/712
* 9 7 9 8 2 3 1 1 1 8 0 7 6 *